KB133316

나의 감동스토리

나의 감동스토리

초판인쇄 2024년 6월 10일
초판발행 2024년 6월 10일

지 은 이 | 성경순
펴 낸 이 | 이해경
펴 낸 곳 | (주)문화앤피플뉴스
편 집 | 허여경
디 자 인 | 전채원
등록번호 | 제2024-000036호
주 소 | 서울시 중구 충무로2길 16, 4층 403호(충무로4가, 동영빌딩)
대표전화 | 02)3295-3335
팩 스 | 02)3295-3336
이 메 일 | cnpnews@naver.com

정가 : 15,000원
ISBN 979-11-987713-1-5

나의 감동스토리

저자 성경순

문화앤피플

프롤로그

아줌마가 하나님의 부인이세요?

몹시 추운 12월 어느 날 뉴욕시에서 있었던 일입니다. 열 살 정도 된 작은 소년이 브로드웨이 가게 신발가게 앞에 서 있었습니다. 맨발인 소년은 치아를 부딪칠 정도로 심하게 떨면서 진열장 안을 들여다보고 있었습니다. 그 모습을 측은하게 지켜보던 한 부인이 소년에게 다가가 물었습니다.

"꼬미야 진열장을 그렇게 뚫어지라 쳐다보는 이유라도 있는 거냐?" "저는 지금 하나님에게 신발 한 켤레만 달라고 기도하는 중이에요"

부인은 소년의 손목을 잡고 가게 안으로 들어갔습니다. 그리고 부인은 우선 신발을 사주었습니다.

부인은 소년의 손에 꼭 쥐어 주면서 살짝 소년에게 웃음을 지어 보였습니다. 그런데 조금 뒤 그녀가 가던 길을 가기 위해 몸을 돌리는 순간, 소년이 부인의 손을 잡고는 얼굴을 가만히 쳐다보는 것이었습니다.

소년은 눈에 물기를 가득 머금고 물었습니다.

"아줌마가 하나님의 부인이에요?"

하얀 눈이 떡가루처럼 내리고 있었다.

차례

3부 구세군 냄비 옆 못생긴 스님

4부 세상에서 가장 좋은 글

5부 행복해지는 글

6부 한국인 전체는 노벨상을 받을 자격이 있다.

1부 인생의 마지막 5분

인생의 마지막 5분 / 아줌마가 하나님의 부인이세요? / 금년도 최고의 감동적인 글 / 훌륭한 지팡이 백XX 님 / 넬슨 만델라의 감사 / 엄마 집으로 출근하는 시인 / 편지 하나님 전 상서 / 10분의 축복

인생의 마지막 5분

어느 젊은 사형수가 있었습니다. 사형을 집행하던 가을날. 형장에 도착한 그 사형수에게 마지막 5분의 시간이 주어졌습니다. 28년을 살아온 그 사형수에게 주어진 최후의 5분은 비록 짧았지만 너무나도 소중한 시간이었습니다.

마지막 5분을 어떻게 쓸까? 그 사형수는 고민 끝에 결정했습니다.

나를 알고 있는 모든 이들에게 작별 기도를 하고 하느님께 감사하는데 2분, 곁에 있는 다른 사형수들에게 작별 인사를 나누는데 2분, 나머지 1분은 자연의 아름다움과 현재에 감사하기로 마음을 먹었습니다.

눈에서 흐르는 눈물을 삼키면서 가족들과 친구들을 잠깐 생각하며 작별 인사와 기도를 하는데 금방 2분이 지나 버렸습니다. '아! 이제 3분 후면 내 인생도 끝이구나.' 하는 생각이 들자 눈앞이 캄캄해졌습니다. 28년이란 세월을 아껴 쓰지 못한 것이 정말 후회되었습니다.

다시 한번 인생을 더 살 수만 있다면 하고 회한의 눈물을 흘리는 순간, 기적적으로 사형집행 중지 명령이 내려와 간신히 목숨을 건지게 되었습니다.

구사일생으로 풀려 난 그는 사형집행 직전에 주어졌던 그 5분간의 시간을 생각하며 평생 순간순간을 마지막처럼 소중하게 생각하며 열심히 살았다고 합니다.

'죄와 벌' '카라마조프의 형제들' '백치' '영원한 만남' 등 수많은 불후의 명작을 발표하여 톨스토이에 비견되는 세계적 문호로 성장하였습니다.
그 사형수가 바로 도스토옙스키였습니다.

우리에게 주어진 소중한 하루하루를 도스토옙스키가 가져보았던 마지막 순간의 5분처럼 소중하게 보냈으면 합니다.

아줌마가 하나님의 부인이세요?

몹시 추운 12월 어느 날 뉴욕시에서 있었던 일입니다. 열 살 정도 된 작은 소년이 브로드웨이 가게 신발가게 앞에 서 있었습니다. 맨발인 소년은 치아를 부딪칠 정도로 심하게 떨면서 진열장 안을 들여다보고 있었습니다. 그 모습을 측은하게 지켜보던 한 부인이 소년에게 다가가 물었습니다.

"꼬마야 진열장을 그렇게 뚫어져라 쳐다보는 이유라도 있는 거냐? "저는 지금 하나님에게 신발 한 켤레만 달라고 기도하는 중이에요" 부인은 소년의 손목을 잡고 가게 안으로 들어갔습니다. 부인은 우선 여섯 켤레의 양말을 주문하고, 물이 담긴 세숫대야와 수건을 빌려서 가게 뒤편으로 소년을 데리고 갔습니다. 데리고 가서 앉히더니 무릎을 꿇고 소년의 발을 씻긴 뒤 수건으로 물기를 닦아 주었습니다.

부인은 점원이 가지고 온 양말 중에서 한 켤레를 소년의 발에 신겨 주었습니다. 소년의 차가운 발에 따뜻한 온기가, 전해지는 순간이었습니다. 그리고 부인은 양말, 신발 모두 여섯 켤레도 사 주었습니다. 남은 신발과 양말은 도망가지 않도록 끈으로 묶어 소년의 손에 꼭 쥐어 주면서 부인은 살짝 소년에게 웃음을 지어 보였습니다. 그런데 조금 뒤 그녀가 가던 길을 가기 위해 몸을 돌리는 순간, 소년이 부인의 손을 잡고는 얼굴을 가만히 쳐다보는 것이었습니다.

소년은 눈에 물기를 가득 머금고 물었습니다.

"아줌마가 하나님의 부인이에요?"

떡가루 같은 하얀 눈이 온 거리에 내리고 크리스마스 캐럴이 감미롭게 흐르고 있었습니다.

※ 개신교 내용에는 '하나님' 가톨릭 기타 내용에는 하느님으로 표기

금년도 최고의 감동적인 글

이 글은 한국의 네티즌들이 뽑은 최고의 감동 글입니다.

우리 어머니는 한쪽 눈이 없다. 난 그런 어머니가 싫었다. 너무 밉고 창피하기 때문이다.

우리 어머니는 시장에서 조그마한 장사를 하셨다. 그냥 나물 등 여러 가지를 닥치는 대로 캐서 파셨다. 난 그런 어머니가 너무 창피했다. 초등학교 어느 날이었다. 운동회 때 엄마가 학교로 오셨다. 나는 너무 창피해서 그만 뛰쳐나왔다.

다음날 학교에 갔을 때. "네 엄마는 한쪽 눈 없는 병신이냐?" 하고 놀림을 받았다. 놀림거리였던 엄마가 이 세상에서 없어졌으면 좋겠다고 생각했다. 그래서 엄마에게 말했다. "엄마 왜 엄마는 한쪽 눈이 없어? 진짜 창피해 죽겠어!" 엄마는 아무 말도 하지 않으셨다. 조금 미안하단 생각은 했지만 하고 싶은 말을 해서인지 속은 후련했다. 엄마가 나를 혼내지 않아서 그런지 그렇게 기분 나쁘진 않은가보다 하고 생각했다.

그날 밤이었다. 잠에서 깨어 물을 마시러 부엌으로 갔다. 엄마가 숨을 죽이며 울고 있었다. 나는 그냥 바라보고 고개를 돌렸다. 아까 한 그 말 때문에 어딘가 미안한 마음이 들었다. 그런데도 한쪽 눈으로 눈물을 흘리며 우는 엄마가 너무나 싫었다. 나는 커서 성공하겠다고 다짐을 했다.

한쪽 눈이 없는 엄마도 싫고 이렇게 가난한 게 너무도 싫었기 때문에 나는 악착같이 공부했다. 엄마 곁을 떠나 나는 서울에 올라와 공부해서 당당히 서울대에 합격했다.

결혼했다. 내 집도 생겼다. 아이도 생겼다. 이제 나는 가정을 꾸며 행복하게 산다. 여기서는 엄마 생각이 나지 않기 때문에 좋았다. 이 행복이 깊어 갈 때쯤이었다. 누가 찾아왔다. 누구야! 이런! 그건 우리 엄마였다. 여전히 한쪽 눈이 없는 채로. 하늘이 무너지는 듯했다. 어린 딸아이는 무서워서 도망갔다. 그리고 아내는 누구냐고 물었다. 결혼하기 전 부인에게 거짓말을 했다. '어머니가 돌아가셨다고.' 그래서 나는 모르는 사람이라고 했다. 그리고 누군데 우리 집에 와서 우리 아이 울리냐고 소리를 쳤다. "당장 나가요! 꺼지라고요!" 그러자 엄마는 "죄송합니다. 제가 집을 잘못 찾아 왔나 봐요." 이 말을 하곤 묵묵히 눈앞에서 사라졌다. '역시, 날 몰라보아 다행'이라고 생각했다. 그럼 이대로 영원히 신경 쓰지 말고 살려고 생각했다. 그러자 마음이 한결 가벼웠다.

어느 날 동창회 한다는 안내문이 왔다. 그 때문에 회사에 출장을 간다는 핑계를 대고 고향에 내려갔다. 동창회가 끝나고 집으로 향하려는데 궁금한 마음에 집에 가보았다. 그런데 엄마가 쓰러져 계셨다. 그러나 나는 눈물 한 방울 나지 않았다. 엄마에

손에는 꼬깃꼬깃한 종이가 들려있었다. 그건 나에게 주려던 편지였다.

'사랑하는 내 아들 보아라.

엄마는 이제 살 만큼 산 것 같구나. 그리고 이제 다시는 서울에 가지 않을게. 그러니 네가 가끔 찾아와 주면 안 되겠니? 엄마는 네가 너무 보고 싶구나. 엄마는 동창회 때문에 네가 올지도 모른다는 소리를 듣고 너무 기뻤단다. 하지만 학교에 찾아가지 않기로 했어. 너를 생각해서, 그리고 한쪽 눈이 없어서 정말로 너에겐 미안한 마음뿐이다. 어렸을 때 네가 교통사고가 나서 한쪽 눈을 잃었단다. 나는 너를 그냥 볼 수가 없었어, 그래서 내 눈을 주었단다. 그 눈으로 엄마 대신 세상을 하나 더 봐주는 네가 너무 기특했단다. 난 너를 한 번도 미워한 적이 없단다. 네가 나에게 가끔 짜증냈던 건 날 사랑해서 그런 거라 엄마는 생각했단다.

아들아 내 아들아, 엄마가 먼저 갔다고 울면 안 된다. 울면 안 된다. 사랑한다. 내 아들'

갑자기 알 수 없는 게 내 마음으로 몰려왔다. 어머니가 주신 눈에서 눈물이 흐르고 있었다. "엄마, 사랑하는 내 엄마. 사랑한다고 말 한 번도 못 해드리고 좋은 음식 못 사드리고 좋은 옷 입혀드리지도 못했는데 어머니께선 나에게 눈을 주셨습니다. 죄송합니다. 이 못난 놈, 어머니 용서해 주십시오. 지금껏 한 번도 들려 드리지 못한 말 어머니 진심으로 사랑합니다." 밖에는 초여름 비가 내리고 있었다.

훌륭한 지팡이 백XX 님

나는 부산 영도 경찰서에서 경장으로 근무한다. 어느 날 새벽, 순찰하는데 중학생으로 보이는 아이가 초등학교 내 구석진 곳에서 불을 피우고 있었다. 분명 나쁜 짓을 벌이려고 저러는구나 싶어 '이래서야 앞으로 사람 구실하겠냐? 나라를 위해 뭘 할 수 있겠냐?'며 단단히 훈계하고 집으로 돌려보냈다.

얼마 뒤 주택가를 순찰하는데 그때 그 녀석이 어느 집 문을 살그머니 열고 들어가는 게 아닌가! 나는 직감으로 빈집털이라고 의심했다. 그런데 조심스럽게 살펴본 상황은 내 예상을 무색하게 했다. 아이는 단칸방에서 병든 할머니와 자폐아 동생을 돌보는 소년 가장이었다. 새벽에 신문을 돌리는데 동생이 한번 깨면 쉽게 잠들지 않기 때문에 조용히 나와 밖에서 불을 쬐며 추위를 달랬다.

며칠 전 독설을 퍼부은 내 혀가 부끄러웠다. 다음날 쌀과 라면을 몰래 놓고 나왔지만 돌아오는 발걸음이 가볍지만은 않았다. 내가 경찰로서 한 말들이 혹시 사람들 가슴에 지우지 못할 상처로 남은 것은 아닐까?

그 뒤 도시 정비계획으로 단칸방은 헐렸고 녀석은 자취도 없이 사라졌다. 세월이 지난 어느 날 밖에서 야간 근무를 마치고 돌아오니 동료가 내게 상자를 하나 내밀었다. 고등학생쯤 돼 보이는 남학생이 주고 갔단다. 상자 안에는 엉성한 케이크와 쪽지가 들어 있었다.

"아저씨 고맙습니다. 저는 요즘 제빵 기술을 배웁니다. 나라를 위해 일하지는 못해도 꼭 필요한 사람이 되겠습니다."

유난히 춥던 겨울 새벽 나는 세상에서 가장 따뜻한 케이크를 앞에 두고 가슴이 저렸다.

넬슨 만델라의 감사

전 세계의 존경을 받는
넬슨 만델라 전 남아프리카 공화국 대통령은
세계 지도자 중 교도소에 가장 오래 있었던 사람입니다.
무려 27년간 교도소 생활을 했다고 합니다.
그가 출옥할 때 사람들은 만델라가
아주 허약한 상태로 나올 것으로 생각했습니다.
그런데 나이가 70세가 넘었는데도 불구하고
그는 아주 건강하고 씩씩한 모습으로 걸어 나왔습니다.

취재하러 나온 한 기자가 물었습니다.
“다른 사람들은 5년만 감옥살이를 해도
건강을 잃어서 나오는데, 어떻게 27년 동안
감옥살이하고서도 이렇게 건강할 수 있습니까?”

그러자 그가 대답했습니다.
“나는 교도소에서 하나님께 늘 감사했습니다.
하늘을 보고 감사하고,

땅을 보고 감사하고,
물을 마시며 감사하고,
음식을 먹으며 감사하고,
강제 노동할 때도 감사하고,
늘 감사했기 때문에 건강을 지킬 수 있었습니다."

그 후 만델라는
노벨 평화상을 받았고, 대통령에 당선되었습니다.
교도소 밑바닥에서 감사가 일궈 낸 또 하나의 기적입니다.
감사하는 사람은
모든 위기 상황에서도 건강을 지켜 낼 뿐 아니라,
모든 일을 지혜롭게 잘 극복하고
마침내 별과 같이 빛나는 인생이 됩니다.

엄마 집으로 출근하는 시인

부모님 집으로 출근한 지 벌써 8년째 되는 시인이 있다. 부모님 아파트 방 한 칸을 빌려 작업실로 쓰기 때문에 일을 하려면 부모님 집으로 간단다. 부모님이 돌아가시면 아무리 보고 싶어도 못 보기에 살아계실 때 자주 뵙자는 생각으로 작업실을 부모님 집으로 출근하는 것이었다.

그의 생각은 불효의 시대에 많은 교훈을 주고 있다.

"아흔이신 아버지와 여든 일곱이신 어머니를 뵙게 된다. 예전에는 그냥 뵙고 이야기를 나누거나 청소를 해드리면 되었는데, 요즘은 아들로서 꼭 해야 할 일이 많아졌다. 뇌경색으로 쓰러지셨던 아버지를 목욕시켜 드리고 손발톱을 깎아드리고 이발소에 모셔가는 일 등을 해야 한다."라는 정XX 시인의 말에 감동이 밀려온다.

구십 대 아버지가 가방을 들고 밤늦게 퇴근하는 아들에게 "조심해라! 걸어가지 말고 차 타고 가라!" 하고 말씀하시고 어머니 역시 안 먹는다고 해도 아침마다 내 몫으로 꼭 고구마 두서너 개를 더 삶아 놓고는 "고구마 안 먹나?" 하는 말을 온종일 하신단다. "내 어머니는 남은 치아가 하나도 없다. 돈은 없는데 자꾸 치료하러 오라고 해서 그냥 참다가 나중에 하나씩 빼다 보니 그렇게 됐다."라는 것이다. 그 어머니가 통증이 심한 치아 사이를 껌으로 때워놓은 것을 보고 시인 아들은 얼마나 가슴이 아팠을까?

부모의 이 같은 사랑과 희생으로 인생은 이루어지는 것 같다.

편지 하나님 전 상서

전남 해남에 집이 가난해서 중학교에 진학하지 못한 소년이 있었다. 소년은 머슴인 아버지를 따라 나무를 해오고 풀을 베는 일로 가난한 살림을 도왔다. 그런데 날이 갈수록 학교에 다니고 싶어졌다. 소년은 어릴 때부터 엄마와 같이 다니던 교회에 가서 학교에 가게 해 달라고 며칠 기도하다가 하나님께 편지 한 장을 썼다.

"하나님, 저는 공부를 하고 싶습니다. 굶어도 좋고 머슴살이를 해도 좋습니다. 제게 공부할 길을 열어주세요." 소년은 공부에 대한 자신의 열망과 가난한 집안 형편을 적었다. 편지봉투 앞면엔 '하나님 전 상서'라고 쓰고 뒷면엔 자기 이름을 써서 우체통에 넣었다.

소년의 편지를 발견한 집배원은 어디다 편지를 배달해야 할지 알 수 없었다. 고심 끝에 '하나님 전 상서라고 했으니 교회에 갖다 주어야겠다'라고 생각하고 해남읍 내 교회 이준목 목사에게 전해주었다. 함석헌 선생의 제자인 이 목사는 당시 농촌 계몽운동에 앞장선 분으로 소년의 편지를 읽고 큰 감동을 받았다. 소년을 불러 교회에서 운영하는 보육원에 살게 하고 과수원 일을 돕게 하면서 중학교에 보내주었다.

소년은 열심히 공부해서 한신대에 진학했다. 졸업 후엔 고향에서 목회자로 일하다가 스위스 바젤대로 유학을 가 박사학위를 받고 모교의 교수가 되었다. 그리고 나중엔 총장까지 하게 되었는데 그 소년이 바로 오영석 전 한신대 총장이다.

오 총장의 이 일화에서 내가 주목한 분은 진학의 길을 열어준 이 목사가 아니라 무명의 집배원이다. 수신인이 '하나님'인 편지를 교회에 전해준 집배원이 오늘의 오 총장을 있게 했다고 생각된다. 만일 집배원이 '뭐 이런 편지가 다 있어. 장난을 쳐도 유분수지' 하고 편지를 내동댕이쳐 버렸다면 소년의 인생은 달라졌을 것이다.

물론 소년은 그렇게 편지를 쓴다고 해서 하나님이 읽을 것이라고는 생각하지 않았을 것이다. 공부에 대한 간절한 열망을 그렇게 나타내본 것일 뿐 그 편지로 인해 진학의 길이 열릴 것이라는 기대는 할 수 없었을 것이다. 그런데 소년에게 그 길이 열린 것이다. 그것은 집배원이 자기에게 주어진 우편배달의 역할과 직무에 충실했기 때문이다. 설령 그런 어처구니없는 편지를 찢어 버렸다고 해도 아무도 나무라지 않았을 텐데 자기 역할에 최선을 다한 것이다. 물론 집배원도 편지를 교회에 전달하면서 소년에게 진학의 길이 열릴 것이라는 확신은 없었을 것이다. 그런데도 그는 자기 역할에 충실함으로써 소년의 인생에 새로운 길을 열어준 것이다. 이처럼 맡은 역할에 충실하다는 것은 한 사람의 인생을 바꿔놓을 만큼 중요한 일이다.

오늘을 살아가는 우리에겐 각자 주어진 삶의 역할이 있다. 그 역할의 충실성과 성실성에 의해 다른 사람의 삶이 변화되고 발전돼 나간다.

아프리카 '수단의 슈바이처' 이태석 신부가 내란과 가난으로 눈물이 말라버린 톤즈의 아이들이 그토록 눈물을 흘리게 한 것도 신부와 의사로서 사랑과 봉사의 역할을 다했기 때문이다. 드러나진 않지만, 어디에선가 자기 역할에 최선을 다한다는 것, 그것은 남을 사랑하는 또 하나의 길이다.

10분의 축복

10분만 아침에 일찍 일어나십시오. 하루가 내 손 안에 들어옵니다.
10분만 먼저 출근하십시오.
업무와 인간관계의 스트레스가 확 날아갑니다.

10분만 음식을 씹어서 드십시오. 만병이 떨어져 나갈 것입니다.
10분만 먼저 약속 장소에 나가십시오.
주도적 능동적 관계를 맺게 됩니다.

10분만 화를 가라앉히고 생각한 후 말씀하십시오.
다툼이 화해로 바뀔 수 있지요.
10분만 하루를 돌아보고 잠자리에 드십시오. 새로운 삶이 열립니다.

10분만 사랑과 감사의 생각을 가지세요.
사랑과 보람된 삶이 펼쳐지게 됩니다.
10분만 더 걸으십시오. 건강이 새롭게 찾아옵니다.

2부 내 생애 큰 감동 이태석

퇴계의 결혼관 / 내 생애 가장 큰 감동 이태석 / 식모에서 총장까지 / 감동 쉬었다 갑니다. '웃으세요.' / 건강자료 · 복부비만 없애려면 / 건강자료 · 소변으로 건강 체크 / 건강 10계명 국내 유명 전문의 20인 / 건강, 감기에 좋은 음식 / 겨울철 감기에 좋은 과일 / 걷기운동이 노화 방지에 미치는 영향

퇴계의 결혼관

진달래가 흐드러지게 피던 봄날, 책에서나마 퇴계를 만나 결혼관을 들으니 흐린 마음이 환하게 열렸다.

암울했던 그 조선조에서 여자는 이름조차 없었던 때였다. 개혁군주 정조의 어머니가 이름이 없어 혜경궁 홍씨라 하지 않았던가. 여성의 지위는 고구려 평강공주, 백제 소서노, 신라 진덕여왕 등이 있었던 삼국시대보다 훨씬 더 낙후되었던 암흑의 시대였다.

퇴계의 맏아들이 21세의 젊은 나이로 세상을 떠나자, 한창 젊은 나이에 맏며느리는 자식도 없는 과부가 되었다, 퇴계는 남편도 자식도 없는 젊은 며느리가 어떻게 그 긴 세월을 보낼까 하고 걱정을 하였다.

퇴계는 매일 한밤중이 되면 자다가 일어나 집안을 돌아보곤 하였다. 어느 날 집안을 돌아보던 퇴계는 며느리의 방에서 소곤소곤 이야기하는 소리가 나는 것을 듣게 되었다. 순간 퇴계는 얼어붙고 말았다, 선비로서 차마 할 수 없는 일이지만 며느리의 방을 엿보게 되었다. 그런데 젊은 며느리가 술상을 차려놓고 짚으

로 만든 선비 모양의 인형과 마주 앉아

"여보, 한 잔 잡수세요."

하며 이런저런 이야기를 하다가 흐느끼는 것이었다.

남편 인형을 만들어 대화를 나누는 며느리, 한밤중에 잠 못 이루고 흐느끼는 며느리, 퇴계는 생각하였다. '윤리는 무엇이고 도덕은 무엇이냐? 젊은 저 아이를 수절시켜야 한다니 너무 가혹한 것 아닌가. 인간의 고통을 몰라주는 이 시대의 관습이야말로 윤리도 도덕도 아니다. 인간이 여기에 구속되어서는 안 된다. 며느리를 자유롭게 풀어줘야 한다.'

다음 날 퇴계는 사돈을 불러 단호하게 말했다.

"자네 딸을 당장 데려가게."

"내 딸이 무슨 큰 잘못을 했는가?"

"잘못한 것 없네. 무조건 데려가게."

절친한 친구이며 사돈 관계였던 두 사람이기에 서로 마음을 이해하지 못할 까닭이 없었다. 그러나 딸을 데려가게 되면 두 사람은 친구 사이마저 절연하는 것이기에 쉽게 받아들이기 어려웠다.

"안 되네. 유학자 집안에서 이 무슨 일인가?"

"나는 할 말이 없네. 자네 딸은 내 며느리로 부족함이 없었네. 무조건 데리고 가게!"

퇴계는 이렇게 절친한 친구인 사돈과 절연하면서까지 며느리를 보내게 되었다.

몇 년 후 퇴계가 임금의 부름을 받고 한양으로 올라가다가 조용하고 평화스러운 동네를 지나게 되었다. 마침 날이 저물어 한 집을 택하여 하룻밤을 머물게 되었다. 그런데 저녁상을 받아보니 반찬 하나하나가 퇴계가 좋아하는 음식뿐이었다. 더욱이 간까지 입맛에 딱 맞아 '이 집 주인도 나와 입맛이 비슷한가 보다.'라고 생각하였다. 이튿날 아침상도 마찬가지였다. 반찬의 종류는 좀 달랐지만, 여전히 입맛에 맞았다.

'나의 식성을 잘 아는 사람이 없다면 어떻게 이토록 음식들이 입에 맞을까? 혹시 며느리가 이 집에 사는 게 아닐까?'라고 생각하며 이 집을 떠나려는 순간 집주인이 버선 한 켤레를 가지고 와서 '선비님 한양 가시는 길에 신으시라.'라며 주었다. 신어보니 퇴계의 발에 꼭 맞았다.

'아, 며느리가 이 집에 사는구나.' 퇴계는 확신하게 되었다.

'집안을 보아하니 주인의 마음씨 하며 내 며느리가 고생은 하지 않고 살겠구나.'

며느리를 만나보고 싶은 마음도 컸지만, 짐작만 하고 대문을 나서는데 한 젊은 여인이 구석에 숨어 퇴계를 지켜보는 게 살짝 보였다.

'며느리가 틀림없구나.'라고 하며 그냥 한양으로 발길을 옮겼다.

이 일을 놓고 유가에서는 신랄하게 비판을 하였다.

'선비의 법도를 무시한 사람이다. 윤리와 도덕은 무시한 사람이 무슨 유학자인가?' 임금에게 상소를 올리는 일도 한두 건이 아니었다.

하지만 다른 한편에서는 정반대로 퇴계를 칭송하였다.

율곡은 '퇴계야말로 사람의 윤리와 도덕을 지킬 줄 아는 분이

시다. 윤리와 도덕을 깨뜨리면서 윤리와 도덕을 지키셨다.'라고 했다.

퇴계는 시대를 초월한 빛나는 휴머니스트였다.
현대를 살아가는 사람들은 어떻게 평가할까?
퇴계 같은 이런 훌륭한 분들이 이 나라의 선구자가 아닐까?

내 생애 가장 큰 감동 이태석

1962년 9월 19일 부산에서 출생하였다. 1981년 부산 경남고등학교를 졸업하였고 1987년 인제대학교 의과대를 졸업하였다. 1990년 군의관으로 군 복무를 마친 후 1991년 살레시오 수도회에 입회하였고 1992년 광주 가톨릭대학교 신학대학에 입학했다. 1994년 1월 30일 처음 서원을 받았으며 1997년 이탈리아 로마로 유학하였다. 2000년 4월 종신서원을 하였고 그해 6월 28일 부제 서품을 받았다. 2001년 6월 24일 서울에서 사제서품을 받고 11월 아프리카 수단 남부 톤즈(Tonj)로 향했다.

아프리카에서도 가장 오지로 불리는 수단의 남부 톤즈는 오랫동안 수단의 내전으로 폐허가 된 지역이며 주민들은 살길을 찾아 흩어져 황폐해진 지역이었다. 이태석 신부는 이곳에서 가톨릭 선교 활동을 펼쳤으며 말라리아와 콜레라로 죽어가는 주민들과 나병 환자들을 치료하기 위해 흙담과 짚으로 지붕을 엮어 병원을 세웠다. 또한 병원까지 찾아오지 못하는 주민들을 위해 척박한 오지마을을 순회하며 진료를 하였다. 그의 병원이 점차 알려지게 되자 많은 환자가 모여들게 되었고 원주민들과 함께 벽

돌을 만들어 병원 건물을 직접 지어 확장하였다. 하지만 오염된 톤즈 강물을 마시고 콜레라가 매번 창궐하자 톤즈의 여러 곳에 우물을 파서 식수난을 해결하기도 하였다. 하루 한 끼를 겨우 먹는 열악한 생활을 개선하기 위해 농경지를 일구기 시작했으며, 학교를 세워 원주민 계몽에 나섰다.

처음 초등교육으로 시작한 학교는 중학교와 고등학교 과정을 차례로 개설하였고 톤즈에 용지를 마련하여 학교 건물을 신축하기 시작했다. 그는 음악을 좋아했으며 전쟁으로 상처받은 원주민을 치료하는데 음악이 가장 좋은 효과가 있다는 사실을 알게 되었다. 치료의 목적으로 음악을 가르쳤으며 예상을 넘는 효과가 있자 학생들을 선발하여 브라스밴드(brass band)를 구성하였다. 그의 밴드는 수단 남부에서 명성을 얻었으며 정부 행사에도 초청되어 연주하였다. 2005년 그의 헌신적인 공로가 인정되어 제7회 인제인성대상을 받았다.

그는 미처 자신의 건강을 돌보지 못했다. 2008년 10월 톤즈 현지에서 이태석 신부와 함께 헌신하던 의사 신경숙에게 혈흔이 발견되어, 그해 11월 휴가차 입국하였을 때 순천향대병원에서 종합 건강검진을 받고 대장암 4기 판정을 받았다. 그의 암은 이미 간으로 전이되어 있었다.

그는 아프리카에 머무는 동안 항생제를 투약하지 않았기 때문에 자신의 몸은 항암치료에 잘 반응할 것이라며 완치에 대한 희망을 품었고 또 그렇게 기도했다. 서울 영등포구 대림동 살레시오 수도원에 머물며 투병 생활을 했으며 수도원은 자신이 머물기에 가장 편안한 곳이라고 했다. 항암치료가 끝나고 며칠간 양평에 머물면서 단식과 생식으로 건강을 회복하려 했지만, 증세는 나빠졌으며 결국 2010년 1월 14일 새벽 5시 48세를 일기로 영면하였다.

투병 생활 중 2009년 12월 17일 제2회 한미 자랑스러운 의사상을 받았다. 그의 헌신으로 그의 제자 57명이 의사가 되었다. 불모지 땅에서 피어난 하느님의 기적이며, 이태석은 내 생애 가장 큰 감동이었다.

식모에서 총장까지

일제 식민시절 어느 꽃피던 봄날, 17세 소녀는 결혼해서 시집살이하다가 불행하게도 19세에 소녀 과부가 되었다.

참으로 운명도 기구했다. 동네 사람들이 그를 보면서 하나같이 애석해했다.

"어여쁜 소녀가 꽃이 피다 말았네."

19살 소녀 과부는 너무도 창피하고 기구한 운명에 기가 막혔다. 하루는 거울 앞에 앉아 자신의 긴 머리카락을 사정없이 잘라내 버렸다. 단발머리를 해서 서울로 무작정 상경하여 남의 집 식모살이를 했다. 그녀는 인간이 할 수 있는 최선을 다했다.

떡가루 같은 눈이 내리던 날, 그는 주인님에게 "나는 무슨 일이나 다 할 터이니 주일날에는 예배당에 가고, 공부를 할 수 있게 해 달라"고 애원해서 겨우 허락을 받았다. 영리한 소녀 과부는 마침내 이화 여자 보통학교를 우등생으로 졸업하였다. 일본에 건너가 갖은 고생을 하며 고학, 자신의 힘으로 대학을 마쳤다. 본국으로 건너와 당시 조선총독부 장학사가 되어 일하다가

해방과 함께 여성 교육에 뜻이 있어 학교를 세우게 되니 숙명여자대학교다.

그가 바로 식모 즉 가정부에서 대학 총장이 된 임숙제 선생이다.

감동 쉬었다 갑니다. '웃으세요.'

가을 이슬비 내리는 날에 학생 둘이 싸우고 있었다. 교수들의 반응이 웃음을 준다.

교육학과 교수: 아유, 아이들이 보고 배울라.
의상학과 교수: 야, 옷 찢어진다.
산부인과 교수: 저런 놈을 누가 나았어.
정신과 교수: 저것들이 돌았나?

경영학과 교수: 싸우면 둘 다 손해야!
신학과 교수: 우리 모두 회개합시다.
법학과 교수: 너희 구속감이다.
건축학과 교수: 걔들 기초가 안 돼 있어.

-카카오톡-

건강자료 · 복부비만 없애려면

대기업 임원 박 씨는 마른 체격 콤플렉스를 극복하기 위해 1년 이상 매일 거르지 않고 두 시간씩 피트니스센터에서 근력 운동을 했지만, 근육량이 거의 늘지 않았다. 효과가 없자 피트니스 트레이너에게 상담했더니, "하루도 빠지지 않고 모든 근육의 운동을 하는 바람에 근육이 회복되면서 커질 시간을 갖지 못한 것이 원인"이라는 말을 들었다. 이후 박 씨가 운동할 부분을 가슴, 등, 하체로 나눠 사흘에 한 번씩 집중 트레이닝하자, 3주일 뒤부터 근육이 나오기 시작했다.

사람마다 원하는 피트니스 효과를 가장 잘 볼 수 있도록 운동계획을 미리 짜둘 필요가 있다. 피트니스는 무슨 목적으로 하는지, 얼마나 오래 할 건지, 자신의 신체 특성이 어떤지 등에 따라 '맞춤형'으로 운동해야 한다.

무턱대고 트레드밀에서 오래 뛰거나 덤벨을 수십 번씩 든다고 해서 원하는 운동 효과가 나오지는 않는다. 예컨대, 평소 전혀 운동하지 않던 사람이 보름 뒤 회사 마라톤대회에 나가 완주해야 한다면, 전체 운동의 70~80%는 달리기, 20~30%는 하체 강화 근력 운동을 해야 한다. 반면 꾸준히 근력 운동을 하던 사람은 달리는 거리를 늘리는 데 주력하면 된다. 운동 기간도 운동방법에 영향을 준다.

단기간에 살을 빼기 위해서는 최대심박수의 60~70%의 강도로 계속 뛰는 게 가장 낫지만, 석 달에 걸쳐 체중을 줄이려면 전체 운동의 절반은 무산소운동에 배당해야 한다. 근육을 단련해두면 근육이 지방을 태워 장기적으로 다이어트 효과가 더 크다. 또한 같은 무산소운동을 해도 근육량을 키우려면 무거운 중량을 1세트에 8회, 지구력을 키우려면 낮은 중량을 1세트에 15회 들어야 효과가 있다.

한국체육대 [illegible] 교수는 "피트니스 운동법은 이처럼 여러 가지 여건의 영향을 받으므로, 시행착오를 반복하는 사람은 꼭 피트니스센터 트레이너의 조언을 받아서 운동 계획을 세우라"고 말했다

다이어트는 유산소운동과 무산소운동(웨이트트레이닝) 비율을 8대 2 정도로 하되, 마른 사람은 유산소운동 대신 무산소운동을, 과체중 이상은 무산소운동 대신 유산소운동을 한 세트 정도 더 안배한다. 80분간 운동한다면, 팔벌려뛰기 같은 움직임이 많은 스트레칭 5분→웨이트트레이닝 40분(총 8~10가지 운동을 부위 별로 선택해 1세트 당 12~15회씩 2세트 반복), 유산소운동 30분, 움직임이 없는 정적 스트레칭 5분이 이상적이다. 1시간 정도 운동하는 경우에는 걷기·스트레칭 각 5분, 웨이트트레이닝 20분, 유산소운동 30분, 스트레칭 5분 순서로 한다. 유산소운동은 최대심박수의 60~70%로 유지해야 지방이 가장 잘

타므로. 트레드밀 속도를 높이기보다 시간을 늘리거나 경사를 올린다.

마른 복부비만은 복근운동만 하면 된다는 것이 대표적인 오해이다. 그러면 살은 잘 빠지지 않고 허리가 무리를 받으므로, 반드시 전신 근력 운동을 해야 한다. 다이어트 프로그램에서 웨이트트레이닝에 두 다리를 모아 바닥과 수직이 되도록 들어 올렸다 내리기 같은 복부 강화 운동을 첨가하면 된다. 굳이 복근만 웨이트트레이닝을 하고 싶으면, 빠르게 걷기 등 척추를 강화해주는 유산소운동을 더해야 한다. 빠르게 걷기와 스트레칭 각 5분, 빠르게 걷기 3분, 가벼운 러닝 10분, 빠르게 걷기 3분, 복근 웨이트트레이닝 20분(2~3가지 복근운동을 3세트씩 각 8~12회 반복), 유산소운동 15분, 스트레칭 5분 순서로 한다. 여성은 걷기 10분, 서킷트레이닝 30분(1세트씩 2~3바퀴), 스트레칭 10분 프로그램이 꾸준히 운동하기에 좋다.

체력 증진은 빠르게 걷기·스트레칭·사이클 각 5분, 웨이트트레이닝 30분(총 6가지 운동을 부위 별로 선택해 1세트 당 10~15회씩 2세트 반복), 사이클, 스트레칭 빠르게 걷기 각 5분의 순서로 한다. 연령과 체력 수준에 따라 운동 강도만 달리한다. 특히 체력이 약해진 60대 이상이 운동을 처음 시작하면 하루걸러 한 번씩 주 3회만 하자. 빠르게 걷기 스트레칭 각 5분, 웨이트트레이닝 30분, 유산소운동 30분, 빠르게 걷기 5분이 적절하다. 웨이트트레이닝을 할 때 덤벨 대신 밴드를 이용하고, 누워서 무거운 운동기구를 들면서 힘을 쓰는 운동은 하지 않는다. 혈압이

급상승할 위험이 있다.

흉복부 근육 단련하려는 남성은 운동에 따른 근육 상처가 회복될 시간을 충분히 줘야 한다. 매일 운동하는 사람은 '오늘은 상복부, 내일은 다리' 식으로 신체 부위를 나눠 운동한다. 1주일에 2회 운동하는 사람은 전신운동을 한다. 흔히 척추 근육 강화 운동은 빼는데, 신체의 앞뒤가 균형을 이뤄야 척추에 무리가 안 되므로, 바벨을 잡은 팔을 내린 자세로 무릎을 살짝 구부리면서 바벨을 정강이까지 내렸다 올리는 바벨 리프트 같은 척추 근육 강화 운동을 같이한다.

또 흉부 근육 같은 큰 근육의 운동부터 먼저하고 팔뚝의 삼두근 같은 작은 근육의 운동을 나중에 해야 하며, 미는 운동을 먼저하고 당기는 운동을 나중에 해야 근육이 올바로 다듬어진다. 빠르게 걷기와 스트레칭 각 5분→웨이트트레이닝 45분(총 4~5가지 운동을 3세트씩 각 10~15회 반복)→빠르게 걷기 5분 순서로 한다. 연령에 따라 운동 강도만 바꾼다.

바디 디자인 원하는 여성은 정상 체중이고 하체만 굵으면 보통 다리 살을 빼는 하체 운동만 하는데, 상체 운동을 함께 해야 하체 근육이 효과적으로 빠지고 전체 몸매가 살아난다. 웨이트트레이닝을 할 때, 특히 빼려고 하는 부위는 근육의 수축과 이완 사이에 30~60초간 멈추고 심호흡을 해야 한다.

무산소운동과 유산소운동이 혼재된 서킷운동이 효과적이다. 빠르게 걷기와 스트레칭 각 5분→서킷트레이닝 30~40분(1세트

당 12~15회 총 3바퀴)→스트레칭과 빠르게 걷기 각 5분 순으로 한다. 하체만 굵을 때는 빠르게 걷기·가벼운 러닝·빠르게 걷기·스트레칭 각 5분→웨이트트레이닝 30~40분→빠르게 걷기 5분→가벼운 러닝 20분→빠르게 걷기 5분→천천히 걷기 2~3분 순서로 한다.

-인터넷 건강자료-

건강자료 · 소변으로 건강 체크

노란색 소변은 물 마시라는 신호
노화는 건조해가는 과정일까.
주름 잡힌 비쩍 마른 할머니 손과 오동통한 손자의 손.
마치 고목과 새순을 비교하는 듯하다.
실제 아기는 체중의 80%가 물이다.
반면 노인이 되면 수분은 50% 이하로 떨어진다.
성인 남성은 60%, 여성은 피하지방이 많아 55%가 수분이다.

물은 우리 몸속에서 어떤 역할을 할까.

첫째는 씻어주는 역할을 한다.
하천의 풍부한 물이 오염물질과 쓰레기를 쓸어버리는 것과 같은 원리다.

둘째는 혈액순환을 도와준다.
물이 고갈되면 혈액이 걸쭉해진다.
물을 많이 마시면 피가 맑아져 동맥경화를 줄인다.

나쁜 콜레스테롤과 같은 지방이 혈관에 끼는 것도 예방할 수 있다.

셋째는 땀을 통해 체온을 조절한다.
땀은 피부를 건강하게도 한다.

이밖에도 배변을 촉진하고, 침을 만들고, 세포를 싱싱하게 보전해 젊어지게 만든다.
문제는 나이가 들수록 갈증을 느끼지 못한다는 것이다.
우리는 목마르다고 느낄 때 물을 마신다.
뇌간 시상하부에 있는 센서가 혈액의 농축 도를 감지해 급수를 요구한다.
이때 물을 마시지 않으면 혈액이 농축돼 혈액순환이 느려지고 몸 세포에는 영양소와 산소가 충분히 공급되지 못한다.
세포 기능은 떨어지고 생명 활동도 위험해진다. 이른바 탈수 상태다.

땅에서 자라던 식물을 화분에 옮겼다고 생각해 보자.
화분에 갇힌 식물은 사람이 정기적으로 물을 주지 않으면 시든다.
중년 이후의 인체는 마치 화분에 심은 식물과 같다.
센서가 노화했으니 의식적으로 물을 마셔주지 않으면 만성적인 수분부족 현상이 나타난다.

그렇다면 얼마나 마셔야 할까.
하루에 몸에서 빠져나가는 수분은 3.1ℓ 정도 된다.
소변으로 1.5ℓ, 땀 0.5ℓ, 호흡으로 0.5ℓ 정도 사라진다.

설사가 아닌 변에도 하루 0.1ℓ 전의 수분이 들어 있다.

이밖에도 눈물, 체액, 침 등 느끼지 못하는 수분 배출이 0.5ℓ나 된다.
이중 우리는 식사를 통해 1.5ℓ를 흡수한다. 또 체내에서 0.2ℓ를 재흡수한다. 따라서 최소 1.4ℓ를 의식적으로 마셔줘야 한다는 얘기다.

평소 물을 잘 마시지 않는 사람은 당분간 습관이 들 때까지 다음과 같이 계획을 세워보자.
180㎖짜리 컵을 준비해 하루 7~8잔을 마시는 것이다.
시간은 아침에 일어나서 1잔, 오전 10시쯤 2잔, 오후 2시쯤 2잔, 저녁 무렵 1잔, 샤워 전 1잔, 잠자기 전 1잔(하루 6회 합계 8잔)을 마신다.
밤에 화장실에 가고 싶지 않아 물 마시는 것을 피하는 사람도 있다. 하지만 고혈압 환자, 동맥경화가 걱정되는 사람은 물 마시고 화장실 한번 가는 쪽을 택하는 것이 유리하다.

체내 수분량이 부족한지는 소변 색을 관찰하면 알 수 있다.
소변 색깔은 우로크롬이라는 황색 색소로 좌우되는데 하루 양이 75㎎ 정도로 정해져 있다.
따라서 소변량이 많아지면 우로크롬이 옅어 무색에 가까우며, 소변량이 적으면 농축돼 소변이 황색으로 짙어진다.
소변은 무색투명한 색이 건강한 징표다.

소변량이 적다는 것도 수분이 부족하다는 신호다.
신장이 수분을 밖으로 내보내지 않도록 열심히 재흡수하고 있다는 증거다.
식사 중에 물을 마시면 위액이 엷어져 염산에 의한 살균 효과나 소화를 방해한다.
물은 가능하면 식사하기 30분이나 1시간 전까지 마신다.
신장병이나 심장병이 있는 사람은 수분 제한이 필요하므로 의사의 지시를 따르는 것이 좋다.
물을 많이 마시지 않았는데 소변량이 많을 때는
당뇨병이나 요붕증 같은 질환이 의심되므로 역시 의사의 진단이 필요하다.

하루에 우리 몸에서 배출되는 소변의 양은 얼마나 될까?
그 양은 1~1.5L 정도 된다. 소변은 99%가 물이다.
나머지 1%는 몸에서 사용이 적혈구가 파괴되어 생긴 색소와 노폐물이다.

소변을 볼 때는 색깔, 냄새, 거품을 살핀다.

소변의 이 분홍색, 적색일 때
신장에서 만들어진 소변이 방광과 요도를 거쳐 배설되는 과정 중 어딘가에서 피가 나고 있다는 신호이다.
이 피가 섞인 소변은 비뇨 생식기계통의 종양·암·결석 등의 신호탄이 되기도 한다.
물론 스트레스를 받거나 감기를 심하게 앓고 난 뒤에, 심한 운동을 했을 때도 생길 수 있다.
하지만, 간과하지 말아야 할 것이 통증 없이 소변에 피가 섞여 나올 때는 지체하지 말고 병원에 가서 진단을 받아야 한다.
통증이 있는 경우에는 물론 병원을 찾을 것이니 이는 강조하지 않아도 될 것이다.

소변 색이 암황색, 갈색일 때
소변 색깔이 진하고 갈색 빛에 가까워졌다면 아마도 열이 났거나, 설사했거나, 구토나 땀을 많이 흘렸을 경우로 추측할 수가 있다.
원인은 몸에 수분이 많이 빠지니까 소변이 농축되어 생기는 현상.
이러면 수분 섭취를 늘리고 휴식을 취하는 것이 치료방법!
이후에도 소변 색이 돌아오지 않는다면 진료를 받아야 한다.

소변 색이 콜라 색, 간장 색과 비슷할 때
감염으로 인한 황달일 가능성이 있다.
특히 소변 색이 옅은 갈색이고 피부와 눈동자 색깔까지 황색일 때는 더욱 가능성이 크다.
이 경우에는 지체하지 말고 병원에 가서 진료를 받아보는 것이 좋다.

소변에 거품이 생길 때
소변의 거품과 탁한 정도도 주의 깊게 살펴봐야 한다.
정상인의 소변은 맑고 투명하며, 거품이 생기더라도 양이 많지 않다.

매우 탁하고, 마치 비누를 풀어놓은 듯 거품이 많은 소변이 지속한다면 단백질 성분이 소변으로 빠져나오고 있다는 신호이므로 즉각 소변검사를 받아야 한다.
그러나 건강한 사람도 심한 운동을 했거나, 고열이 지속했거나, 탈수됐거나,
등심이나 삼겹살 등 육류를 많이 섭취한 경우 일시적으로 거품 소변이 나올 수 있다.

소변 냄새가 너무 역할 때
소변에서 냄새가 나는 것은 당연하지만, 만약 암모니아 냄새가 심하다면 세균이 소변을 분해해 암모니아를 생성시키기 때문이다.

소변에서 달콤한 과일 향기가 날 때
소변에서 과일 향기가 난다면 이는 당뇨병 신호. 당뇨 검사를 받아보는 것이 좋다.

-인터넷-

건강 10계명 국내 유명 전문의 20인

◈ 1계명 스트레스는 하루를 넘기지 말자!

◈ 2계명 술은 2잔 이하, 이틀은 금주하자!

◈ 3계명 3대 건강 수치를 체크하자!

◈ 4계명 하루 30분씩, 1주일에 4회 이상 운동하자!

◈ 5계명 5복 중 하나, 치아를 소중히 하자!

◈ 6계명 6대 영양소를 골고루 섭취하자!

◈ 7계명 하루 7시간 이상 수면으로 면역력을 높이자!

◈ 8계명 건강한 성생활로 80세까지 사랑하자!

◈ 9계명 9전 10기! 끊임없이 금연에 도전하자!

◈ 10계명 10대 질환, 정기 건강검진으로 막자!

건강, 감기에 좋은 음식

감기는 대부분 1주일 정도면 가라앉지만 심하면 한 달 이상 지속하여 합병증을 유발할 수 있으므로 안정을 취하면서 충분한 영양을 섭취하는 것이 좋다. 기침이 심할 때는 공기가 건조하기 때문이므로 물을 많이 마시도록 한다. 영양 상태가 좋지 않으면 감기에 걸리기 쉬우므로 영양분을 충분히 섭취시켜 주는 것이 필요하다. 단백질과 지방분을 충분히 섭취해야 한다.

비타민 A의 충분한 섭취는 목, 코 등 점막의 저항력을 강화하여 바이러스의 침입을 막아주는 역할을 기대할 수 있다. 비타민 A가 많은 식품은 간, 장어, 버터, 치즈, 달걀노른자, 녹황색 채소, 건시, 고구마 등이 있다. 비타민 C의 충분한 섭취는 추위나 더위 등 기온 변화에 저항력을 높이는 데 도움이 되는 것으로 보인다.

비타민 E의 충분한 섭취는 혈액순환을 좋게 하여 추위에 대한 저항력을 높이는 데 도움이 되는 것으로 기대된다. 콩나물, 녹두나물, 땅콩, 식물성기름, 시금치, 양배추, 쇠고기 등에 비타민 E가 많이 들어 있다.

음식을 가리지 않고 골고루 먹는 것이 중요하다.

겨울철 감기에 좋은 과일

비타민 C가 부족하기 쉬운 겨울철에 제격인 과일이 귤이다. 이 귤에 들어 있는 비타민 C는 추위에 견딜 수 있도록 신진대사를 원활히 하여 체온이 내려가는 것을 막아주고, 겨울철에 걸리기 쉬운 감기 예방에 도움이 된다. 요즘에는 어디서나 쉽게 구할 수 있는 귤이지만 옛날에는 아무나 먹을 수 없는 귀하고 신성한 과일이었다.

'일본서기'에 보면 수인 천황 6년에 밀감을 구하기 위해 제주도까지 사람을 보냈다는 기록이 있고, 조선 시대에는 한 번에 3천~7천 개씩 한 해에 스무 번 임금이 있는 서울에 귤을 바쳤다고 한다. 귤이 도착하면 우선 대묘에 올리고 이를 기념하는 과거를 치렀는데 이 과거를 '감제'혹은 '황감제'라고 했다.

우리나라의 귤은 대부분이 온주 밀감이라고 하는 귤인데, 첫 여름에 향기가 나는 흰 꽃이 피고 열매를 맺으며 그해 겨울에 노랗게 익는다. 귤은 누구나 상식으로 알고 있듯이 비타민 C가 풍부하여 피로 해소와 피부 미용, 감기나 동맥경화, 고혈압 등에 좋다. 중국 진나라 때 소탐이라는 의사가 있었다. 그는 귤나무를 심고 우물을 판 뒤 몸이 아픈 사람에게 귤나무 잎과 우물물을 먹였다. 그러자 병이 나았다고 한다. 그래서 의사를 '귤정'이라고 부르기도 하며 한방에서는 귤의 효험이 뛰어나 약재로 쓰이기도 한다.

귤의 효능은 여러 의학서적에도 드러나 있는데, 본초비요에 따르면 귤은 생리 기능이 잘 발휘되도록 돕는 작용을 하며, 감기를 풀어 주고 기침과 가래를 삭이며 구토와 딸꾹질을 내려주고, 또 향기가 좋은 위장약으로 소화를 돕고 체기도 풀어 준다고 적혀 있다.

귤이 익은 뒤에 말린 껍질을 진피 또는 귤피라고 하는데 한방에서는 이 귤피를 오래 보관한 것일수록 효과가 좋다고 한다. 명의변록에 보면 귤피는 기를 내리고 구토와 기침을 멈추게 하며 비장이 허약한 것을 다스리고 설사에도 효과적이며 소변을 이롭게 한다고 되어있다.

식후에 소화가 안 되고 헛배가 부르거나 속이 답답할 때는 귤피와 백출 볶은 것을 2대 1의 비율로 말려 가루로 만들어 약간의 밀가루와 청주나 소주로 녹두 알 크기의 환을 만들어 하루 30~40알씩 세 번을 먹으면 효과가 있다. 특히 귤피차는 감기와 발한에 좋은데 귤피를 구하여 물에 깨끗이 씻은 다음 껍질 안쪽에 붙어 있는 흰 줄기를 떼어버리고 그늘에서 잘 밀린 다음 종이 봉투에 넣어 습기가 없고 통풍이 잘되는 장소에 매달아 두고 필요할 때마다 사용하면 된다. 이때 귤피차는 오래 달이면 비타민 C가 파괴되므로 주의해야 하며 귤피차를 오래 마시면 몸이 경쾌해지고 각기병에는 특별한 효험이 있다.

-인터넷-

걷기운동이 노화 방지에 미치는 영향

1. 면역기능이 좋아진다.
2. 심근경색이 있더라도 더 오래 산다.
3. 심 질환의 위험이 줄어든다.
4. 체내 에너지 활용이 높아진다.
5. 산소섭취량이 는다.
6. 근력이 증강된다.
7. 혈압을 정상적으로 유지한다.
8. 인대와 힘줄이 강하게 된다.
9. 심장의 혈액순환이 좋아진다.
10. 좋은 콜레스테롤은 증가, 나쁜 콜레스테롤은 감소한다.
11. 동적 시력이 향상되고 녹내장이 조절된다.
12. 당뇨발생이 줄어든다.
13. 관절의 노화를 늦추어 준다.
14. 성욕, 성 기능, 만족도가 좋아진다.
15. 대장암, 전립선암, 유방암의 발생위험이 감소한다.
16. 뇌졸중의 발생위험이 감소한다.
17. 관상동맥질환의 발생 위험이 감소한다.

18. 요통의 도움이 된다.

19. 비만이 개선된다.

20. 심장박동 수가 감소한다.

21. 변비에 도움이 된다.

22. 각 장기의 혈액순환이 좋아진다.

23. 골다공증이 예방된다.

24. 작업능력이 증가된다.

25. 균형 감각이 향상된다.

26. 자신감이 생긴다.

27. 수면의 질이 좋아진다.

28. 스트레스 해소에 도움이 된다.

29. 금연시도에 도움이 된다.

30. 우울증, 불안감이 줄어든다.

31. 단기 기억력이 향상된다.

32. 만성두통이 사라진다.

33. 감기에 잘 걸리지 않는다.

34. 무기력해지지 않는다.

35. 삶의 질이 향상된다.

3부 구세군 냄비 옆 못생긴 스님

한 명의 장기기증으로 10명을 살린 감동 / 꿀이 감동을 줍니다. / 마틴 루터 킹 목사의 감동적인 메시지 / 마틴 루터 킹의 연설문 'I Have a Dream' / 남자를 잡는 법 / 사월은 잔인한 달 / 기탄잘리 / 구세군 냄비 옆 못생긴 스님 / 앨 고어의 패배연설

한 명의 장기기증으로 10명을 살린 감동

장기기증 인식 개선이라는 공동의 목표를 가지고 추운 날씨에 함께 전단도 붙이고 홍보부스도 운영한 대구 모 여자고등학교 1학년 학생들, 이 모습을 함께한 반장 지민 양은 친구들에게 고마운 마음을 전했는데요.

"학업과 여러 활동으로 바쁜 와중에도 방과 후 개인 시간을 내서 장기기증 인식 개선 캠페인에 한마음으로 함께해준 우리 반 친구들, 모두 정말 고마워!"

이어 이번 캠페인을 통해 장기이식 대기자가 4만 명이 넘는다는 사실을 알게 됐다는 여고 1학년 학생들은 장기이식만을 간절히 기다리는 환자들을 향한 따뜻한 응원의 메시지도 전했습니다.

"장기기증에 대한 인식이 하루빨리 개선되어 더 많은 사람이 참여할 수 있도록 저희도 노력할게요! 그러니 끝까지 희망을 품고 포기하지 않기를 바랍니다."

이번 캠페인을 통해 모금된 금액은 자신들과 비슷한 청소년 시기를 보내고 있는 뇌사 장기기증인 유자녀들을 위한 장학금으로 기부되었는데요. 희망찬 미래를 꿈꾸는 청소년이 또 다른 청소년의 아름다운 미래를 응원하며 보낸 후원금이라 더 특별한 의미가 느껴졌어요.

누군가의 마지막 순간에 실현되는 장기기증. 하지만 그것이 끝이 아니라 다른 이들의 생명을 살리는 또 다른 시작임을 기억한다는 여고 1학년 학생들이 만들어갈 희망찬 미래를 기대합니다!

한 명의 장기기증으로 10명을 살린 실례가 있습니다. 단 한 명이 10명으로 새로 태어나는 감동입니다. 기적입니다

꿀이 감동을 줍니다.

꿀로 병을 고치는 방법

피곤할 때 꿀 큰 스푼 반 계핏가루 뿌린 한 컵의 물, 이를 복용한 노인 분들이 더 건강해지고 유연해진다고 합니다.

심장병은 꿀과 계핏가루로 반죽을 해서 젤리나 잼 대신 빵에 발라먹기,

동맥혈관 속 지방이 축적되는 현상이나 심장마비에 거릴 확률이 줄어, 숨이 차는 것도 덜하고 심장박동도 강하게 됩니다. 동맥과 혈관들을 아주 튼튼하게 만든다.

※ 미국, 캐나다 등 요양원에서 이 방법을 성공적으로 써오고 있습니다.

관절염은 더운 물 1컵 꿀 2스푼 계핏가루 작은 1스푼을 매일 먹으면 고질적인 관절염에 좋다고 합니다. 코펜하겐 대학에서 연구결과 환자를 고치고 73명의 환자가 통증이 완화되었다고 합니다.

방광염은 계핏가루 큰 2스푼 꿀 작은 1스푼이 최고입니다.

콜레스테롤은 꿀 큰 2스푼 계핏가루 작은 3스푼을 먹으면 2시간 안에 혈관 속 콜레스테롤 치수가 10% 내려간다고 합니다.

감기는 꿀 큰 1스푼 계핏가루 1/4 스푼 3일 복용 웬만한 기침. 감기. 콧물 나아집니다.

위통 꿀과 계핏가루 혼합해서 드시면 위궤양도 깨끗하게 만들어준다.

속에 가스가 찼을 때 인도와 일본에서 연구결과에 의하면 도움이 된다고 합니다.

면역체계, 꿀과 계핏가루를 매일 쓰면 병균이나 바이러스 공격에도 탁월한 효능이 있으며 백혈구를 튼튼하게 만들어줍니다.

소화불량은 계핏가루 2스푼 꿀을 식전에 드시면 위산분비를 조절하고 아주 무거운 식사도 거뜬히 소화해준다고요.

독감, 스페인의 과학자들은 꿀 속에 독감 균을 죽이는 자연성분이 들어 있을 뿐만 아니라 환자를 치유한다고 증명했다 합니다.

암은 꿀 큰 1스푼 계핏가루 작은 1스푼 하루에 3번씩 한 달 이상 복용하세요. 최근 일본이나 오스트레일리아의 연구진에 따르면 진전된 위암이나 골수암 치유에 상당한 효과를 봤다고 합니다.

나쁜 입 냄새를 없애줍니다. 남아메리카 사람들은 아침에 작은 1스푼 꿀과 계핏가루를 뜨거운 물에 타서 입안을 씻어 낸다고 합니다.

마틴 루터 킹 목사의 감동적인 메시지

누구나 한번은 반드시 읽어야 할 내용 같기에 아래와 같이 번역하여 공유하고자 합니다. 미국의 제16대 대통령인 에브라함 링컨이 노예해방선언문에 서명한 지 100년 만에 링컨 기념관 앞에서 1963년 8월 28일 마틴 루터 킹 목사는 나에게 꿈이 있다는 주제로 연설을 합니다. 이 연설문은 유려한 문장이고 내용은 고상하며 느낌은 감동적이고 전율적입니다. 표현은 논리적이면서 비선동적이고 비폭력적이며 평화적입니다. 그리고 전하는 메시지는 누구나 공감하는 내용입니다. 이 연설은 그 후 2009년~2017년간 미국 제44대 흑인 대통령 오바마를 탄생시키는 마중물이 되었습니다.

이 연설문을 우리 정서에 맞게 번역하였습니다. 사고 체계가 다른 언어영역이라 그들의 문화를 이해하지 못하는 면도 있지만 이런 유려한 문장구조는 처음 대하는 것 같습니다. 이 연설문은 특유의 열거법과 대조법이 반복법이 효과적으로 활용되고 의미가 강조되는 점층법을 구사했다.

마틴 루터 킹 목사는 대중을 사로잡는 놀라운 화술을 구사했다. 그 경지는 신의 경지다. 이 연설문은 지나간 역사의 한 페이지를 장식했지만 나는 처음으로 이 나이에 연설문 전문을 읽었고 소감은 누구나 남녀노소를 불문하고 한번 읽어봐야 하는 필독 연설문 같습니다.

이 연설문은 감동, 하느님의 목소리 같습니다.

마틴 루터 킹의 연설문 'I Have a Dream'

오늘 여러분들과 함께해서 나는 지금 행복합니다. 우리나라 역사에 자유를 위한 위대한 시위로 역사에서 흑백차별이 지워질 것이기 때문입니다.

백 년 전, 한 위대한 미국인이 있었습니다. 오늘 그분의 상징적인 그늘에 우리는 오늘 이렇게 서 있습니다. 그분은 노예 해방선언에 서명했습니다. 이 중차대한 선언은 폭압적인 불의의 불꽃에 시달려온 수백만 흑인 노예들에게 하나의 위대한 희망의 불빛으로 다가왔습니다. 선언은 긴 밤의 속박 끝에 오는 기쁨의 새벽처럼 다가왔습니다.

그러나 백 년이 지났음에도 흑인들은 아직도 자유가 없습니다. 우리는 참혹한 현실에 직면해야만 했습니다. 흑인들은 아직도 자유가 없다는 현실 말입니다. 백 년이 지났음에도 흑인들의 생활은 아직 슬프게도 마비 상태에 있습니다. 편견의 속박과 차별의 사슬로 말입니다. 백 년이 지났음에도 흑인들은 가난한 외로운 섬에 살고 있습니다. 물질적 풍요라는 방대한 바다 한가운

데 있는 외롭고 가난한 섬 말입니다. 백 년이 지났음에도 흑인들은 아직도 미국인들의 구석진 곳에서 점점 괴로운 생활을 하고 있습니다. 그리고 자신의 땅에서 자신이 추방자임을 발견하게 됩니다. 그래서 우리는 이 나쁜 상황을 연출하기 위해 여기에 왔습니다.

어떤 의미에서 우리는 수표를 현금화하기 위해 워싱턴에 왔습니다. 우리들의 공화국을 설립한 사람들이 헌법과 독립선언서에 화려한 문장들을 작성했을 때 그들은 모든 미국인이 상속받게 되어있는 약속어음에 서명한 것입니다. 이 어음은 모든 사람에게 즉 흑인도 백인처럼 생명과 자유와 행복의 추구라는 양도할 수 없는 권리를 보장해 준다는 약속이었습니다.

오늘날 미국이 유색인 시민들에 관한 한 약속어음을 채무불이행하고 있음이 명백합니다. 이 신성한 의무라는 영광스러움보다 미국은 흑인들에게 부도수표를 발행했습니다. 이 수표는 예금 잔고 부족이라고 찍혀져 돌아왔습니다. 그러나 우리는 정의의 은행이 파산했다고 믿지는 않습니다. 우리는 이 나라에 위대한 기회의 금고가 자금 부족이라고 믿지 않습니다. 그래서 우리는 수표를 현금화하기 위해 왔습니다. 우리에게 주어진 수표는 풍요로운 자유와 보장된 정의를 요구하는 것입니다.

우리는 신성한 이 장소에 온 것은 지금 미국이 격렬하면서도 긴급하다는 것을 상기시키려고 온 것입니다. 우선 냉정함을 되찾으라는 사치스러운 말에 관여할 시간도 없고 또한 점진주의라는 이름의 진정제를 먹을 시간도 없습니다. 지금은 민주주의에 대한 실질적인 약속을 실현 시켜야 할 시간입니다. 지금은 어둠에서 일어날 시간입니다. 그리고 차별이라는 어둡고 황량한 계곡에서 인종적 정의의 밝은 길로 올라서야 합니다. 지금은 기회의 대문들을 열립게 하여야 할 시간입니다. 모든 하나님의 자녀들에게 말입니다. 지금은 인종적 불의라는 모래 수렁에서 형제애의 단단한 바위로 끌어올릴 때입니다.

국가가 이 순간의 긴박성을 간과하거나 흑인들의 결단을 과소평가하는 것은 치명적으로 될 것입니다. 이 무더운 여름 같은 흑인들의 정당한 불만은 사라지지 않을 것입니다. 상쾌한 가을 같은 자유와 평등이 올 때까지 말입니다. 1963년은 끝이 아니고 단지 시작입니다. 흑인들이 울분을 터트릴 필요가 있다고 바라는 사람들과 지금 상태로 만족해지길 바라는 사람들은 환멸을 갖게 될 것입니다. 만일 국가가 나라의 정책을 평소대로 되돌아가게 한다면 말입니다.

흑인들은 미국에서 휴식도 평안도 없을 것입니다. 시민의 권리를 부여받을 때까지 말입니다. 저항의 회오리바람은 우리나라의 기반을 흔들어놓을 것입니다. 정의의 밝은 날이 나타날 때까지 말입니다.

그러나 말해야만 할 것이 있습니다. 정의의 궁전으로 인도되는 따뜻한 출발점에 서 있는 나의 동포들에게 말입니다. 우리의 정당한 자리를 얻는 과정에서 우리는 부당한 행위로 범죄를 저

질러서는 안 됩니다. 고통과 증오의 잔을 마심으로써 자유에 대한 갈증으로 목적을 정당화하지 맙시다. 우리는 높은 차원의 품위와 규율로서 우리들의 투쟁이 영원히 계속되게 합시다. 우리는 우리들의 창조적 저항이 물리적인 폭력으로 인하여 퇴보하는 것을 용인해서는 안 됩니다.

다시금 말하거니와 우리는 당당하게 더 높이 올라서야 합니다. 영혼의 힘으로 물리적 강압에 맞부딪치는 그런 당당함 말입니다. 놀랄만한 투쟁성이 흑인사회를 삼키고 있는데 이것이 백인들을 불신하는 데로 우리를 나아가게 해서는 안 됩니다. 우리 수많은 백인 형제들을 위해서이며 오늘날 여기에 그들의 존재함으로써 증명되듯이 그들의 운명이 우리들의 운명과 묶여 있고 그들의 자유는 밀접하게 우리들의 자유와 한 덩어리임을 깨닫게 합니다. 우리는 홀로 걸어갈 수 없습니다.

그리고 우리는 걸어갈 때 우리는 앞으로 나아갈 것을 맹세해야 합니다. 우리는 뒤돌아설 수 없습니다. 시민의 권리를 위해 헌신하는 사람들에게 묻는 사람들이 있습니다. “언제 당신들은 만족하게 될 건가요?” 우리는 흑인들이 경찰의 야만적 행위에 말할 수 없는 공포의 희생자인 한 결코 만족할 수 없습니다. 우리는 절대로 만족할 수가 없습니다. 여행으로 지친 무거운 몸을 시내의 호텔이나 고속도로의 모텔 등에서 숙소로서 구할 수 없는 한 말입니다.

우리는 흑인들의 기본적인 이동이 고작 작은 빈민가에서 큰 빈민가인 한 만족할 수 없습니다. 미시시피에 사는 흑인이 투표할 수가 없고 뉴욕에 사는 흑인이 투표할 대상이 아무도 없다고 믿는 한 우리는 결코 만족할 수가 없습니다. 아니, 아니, 우리는 만족하지 않습니다. 그리고 정의가 강물처럼 흐르고 정직함이 힘찬 물줄기처럼 흐를 때까지 우리는 만족하지 않을 것입니다.

나는 여러분 중에 일부는 커다란 시련을 벗어나서 여기에 왔다는 것을 모르는 것은 아닙니다. 몇몇 분들은 좁은 감방에서 막 나온 분들도 있습니다. 여러분들 중 일부는 박해의 폭풍에 난타당하고 경찰의 비인간성이라는 바람에 비틀거리는 곳을 떠나서 자유를 추구하는 곳으로부터 왔습니다. 당신들은 창조적 고통의 노련한 사람들입니다. 과분한 고통에는 보상이 있다는 것을 믿고 계속 일하십시오.

그대들이 살던 미시시피로, 알리바마로, 사우스 캐롤리아나로, 조지아로, 루지애나로 돌아가십시오. 우리들의 북쪽 시외의 슬럼가나 빈민가로 돌아가십시오. '어쨌든 이 상황은 변할 수 있고 변할 것이다.'라는 신념을 갖고 우리 모두 절망의 계곡에 빠지지 맙시다.

나는 여러분에게 말하고자 합니다. 친구들이시여, 우리가 오늘과 내일의 어려움에 봉착되었다 하더라도 나는 아직 꿈이 있습니다. 이 꿈은 미국의 꿈에 깊이 뿌리박힌 꿈입니다.

나에게는 꿈이 있습니다. 어느 날 이 나라가 일어날 것이고 그리고 그런 독립선언서의 신념으로 진정한 의미의 삶을 살아갈 것입니다. 우리 모든 인간은 평등하게 태어났다는 이러한 자명한 진리를 갖고 있다는 그런 링컨의 신념 말입니다.

나에게는 꿈이 있습니다. 그 어느 날 조지아의 피로 얼룩진 붉은 언덕 위에서 옛날의 노예의 후손들과 노예의 소유주들의 후손들이, 형제애로 같은 테이블에 앉을 수 있게 되리라는 꿈을 말입니다.

나에게 꿈이 있습니다. 그 언젠가 불의 열기로 무더위에 지쳐있고 억압의 열기로 지쳐있던 미시시피주 사막에서조차도 자유와 정의의 오아시스로 바뀔 것이라는 꿈 말입니다.

나에게는 꿈이 있습니다. 내 4명의 아이가 어느 날 이 나라에 살면서 피부색으로 재판받지 않고 인격의 함양 때문에 판단되는 그런 나라에서 사는 꿈 말입니다.

오늘 나에게는 꿈이 있습니다. 언젠가 간섭배제와 효력거부라는 단어들로 주 정부의 그 악랄한 인종차별주의자들의 입술이 흠뻑 젖어있는 이 알라바마주가 상황이 변화될 것이라는 꿈 말입니다. 그 꿈은 어린 흑인 소년·소녀들이 어린 백인 소년·소녀들과 손을 맞잡고 형제자매로서 다 함께 걷게 될 것이라는 꿈 말입니다.

나에게는 오늘 꿈이 있습니다. 어느 날 모든 골짜기가 높아지고, 모든 언덕과 산이 낮아지고, 울퉁불퉁한 곳이 평지가 되고, 굽은 곳이 곧아지고, 하나님의 영광이 드러나게 되고, 그리고 모든 사람이 다 함께 그것을 보게 될 것이라는 꿈 말입니다.

이것은 우리들의 희망입니다. 이것은 남부로 함께 갖고 돌아갈 믿음입니다. 이러한 믿음으로 절망의 산을 깎아 희망의 바위로 만들 수 있을 것입니다. 이러한 믿음으로 우리나라의 시끄러운 불협화음을 형제애로 아름다운 교향곡으로 바꿀 수 있을 것입니다. 이러한 믿음으로 다 함께 일하고, 기도하고, 다 함께 투쟁하고, 함께 교도소에 가고, 다 함께 자유를 위해 일어서고, 언젠가 자유인이 되리라는 것을 알게 되리라는 희망 말입니다.

이날은 하나님의 자녀인 우리가 모두 새로운 의미로 노래를 부를 수 있는 날이 될 것입니다. 나의 조국 달콤한 자유의 땅 그대를 나는 노래하네. 내 조상이 돌아가신 땅, 순례자들의 자존심이 서린 땅.

모든 산비탈에 자유의 종이 울리게 하리라.

그리고 만일 미국이 위대한 나라가 되고자 한다면 이 노래가 사실이 되어야 합니다. 그리고 뉴햄프셔의 거대한 산꼭대기로부터 자유의 종이 울려 퍼지게 합시다. 뉴욕의 거대한 산에서 자유의 종이 울려 퍼지게 합시다. 펜실바니아의 드높은 앨러게니산맥에서 자유의 종이 울려 퍼지게 합시다. 콜로라도의 눈 덮인 로키산맥으로부터 자유의 종이 울려 퍼지게 합시다. 캘리포니아의 굴곡진 산봉우리들로부터 자유의 종이 울려 퍼지게 합시다!

이것이 일어날 때, 우리가 자유의 종을 울리게 할 때, 모든 크고 작은 마을에서 모든 주와 모든 도시에서 자유의 종이 울려 퍼지게 할 때 우리는 그날을 앞당길 수가 있을 것입니다. 우리 모두 하나님의 자녀로서 백인이든 흑인이든 유대인이든 이방인이든 개신교든 가톨릭교든 함께 손을 잡고 그 옛날 흑인영가를 노랫말을 따라 부를 수 있는 그날을 말입니다.

마침내 자유를! 마침내 자유로다. 전능하신 하나님 감사합니다. 우리는 지금 드디어 자유입니다.

[출처] 마루틴 루터 킹 목사의 감동적인 연설문 I Have a Dream

남자를 잡는 법

배우자감을 낙점했다면 이제 자신의 매력을 증폭시키는 일만 남았다. 켄트 씨는 "남자는 자기 이야기를 경청하는 여자에게 깊은 사랑을 느낀다."라면서 "주로 '어렸을 때 당신은 어떤 아이였나요?' '10년 뒤 당신은 어떤 꿈을 꾸고 있을까요?' 하는 식의 과거와 미래에 대해 질문을 하라"고 조언한다.

이때 여자는 세 가지만 말하면 된다.

"흥미롭네요." "좀 더 자세히 말해주실래요?" "우아, 놀랍군요." 남자가 반쯤 넘어왔다 싶으면 칭찬과 충고를 4대1 비율로 조정한다. "이를테면 아내처럼, 엄마처럼 행동하는 거죠. '당신은 굉장히 멋진 손을 가졌지만 악필이시네요' 하는 식으로요."

켄트 씨는 "자신을 포장하는 기술도 매우 중요하다"라고 충고한다. "'학교 다닐 때 나는 반에서 수학을 제일 잘했다.' 같은 귀여운 자랑으로 자신의 이미지를 향상하는 센스를 가지세요. 눈에 띄는 신체적 콤플렉스를 솔직하게 말해도 좋습니다."

작은 선물도 "와 감동이네요!"

센스도 중요하구요.

그녀는 또 "성(性)에 대한 각자의 요구나 취향을 미리 점검하라"라면서 결혼에서 섹스의 중요성을 강조한다.

"6일에 한 번 성적 욕구를 느끼는 여성과 1개월에 한 번 느끼는 남성이 함께 살 수는 없으니까요. 미래 배우자의 성적 욕구를 정확히 알고 그 격차를 줄여나가려는 노력이 중요합니다."

사월은 잔인한 달

T.S. 엘리엇

사월은 가장 잔인한 달
죽은 땅에서 라일락을 키워내고
기억과 욕망을 뒤섞고
봄비로 잠든 뿌리를 뒤흔든다.
지난 겨울은 따뜻했었다.
대지를 망각의 눈으로 덮어주고
가냘픈 목숨을 마른 구근으로
새 생명을 선사해 주었다

April is the cruelest month
breeding lilacs out of the dead land
mixing memory and desire
stirring dull roots with spring rain.
Winter kept us warm
covering earth in forgetful snow
feeding a little life

with dried tubers.

-T. S. Eliot-

기탄잘리

타골

님이여,
나는 이 축제에 초대를 받았고
그래서 나 자신은 감동을 받았습니다
나는 내 눈으로 보았고 내 귀로 들었습니다

이 축제에서 내가 맡은 일은
악기를 연주하는 것이었고
나는 내 모든 것을 바쳐 연주했습니다

님이여 이제 내 연주는 끝났고
마침내 나는 님의 얼굴을 보고 떠날
침묵의 인사를 드릴 때가 왔습니다

구세군 냄비 옆 못생긴 스님

입맞춤의 크리스마스 이브
찬바람과 함께 구세군 종소리가 울린다.
지나는 연인들의 손에서 지폐가 나온다.

나도 낡은 지갑을 꺼내며 미소 짓는다.
구세군 냄비 옆에 못생긴 스님 하나가
시주 통을 놓고 목탁을 치기 시작했다.

종소리와 목탁 소리가 오묘하게 퍼진다.
지나는 사람들이 하나 둘씩 모여든다.
한 사람은 구세군에 또 다른 사람은
시주 통에 경쟁적으로 돈을 넣는다.

0시를 알리자 스님은 시주 통에서
때 묻은 돈을 꺼내 세기 시작하였다.
사람들은 가슴에 총 맞은 표정들이었다.

스님은 도둑처럼 주위를 한번 살피더니
그 시줏돈 전부를 구세군 냄비에 넣으며
목탁 소리와 함께 '아미타불!'
주위에 환호성과 감동이 모두 모인다.
내가 옳고 네가 그름은 중생들의 편견이고

예수님과 부처님의 진리는 하나가 된다.

(서근석 시)

앨 고어의 패배연설

역대 승복연설 중에서 백미

"우리와 뜻을 함께했던 모든 사람에게 다음 대통령을 중심으로 굳게 단결할 것을 촉구합니다. 도전할 때는 맹렬히 싸우지만, 결과가 나오면 단결하고 화합해야 합니다. 이것이 바로 미국입니다"라고 했다.

'미국' '미국인'이란 단어를 14번이나 사용한 고어의 연설은 역대 승복연설 중에서 백미(白眉)로 꼽히고 있다.

승복을 잘못하는 우리에게 잔잔한 감동을 선사한다.

4부 세상에서 가장 좋은 글

세상에서 가장 좋은 글 / 71세의 샤넬, 파리에서 개업하다 / 행복해지려면 / 에디슨의 행복 감동 / 한국사의 여명 / 모험과 변화를 즐긴 영웅 / 이건희의 경청(傾聽)과 목계(木鷄) / 최초의 주식회사를 세운 백제인 유중광 감동

세상에서 가장 좋은 글

[가]장 소중한 사람이 있다는 건 (행복)입니다.

[나]의 빈자리가 외로워 보이지 않는 건 (소중한 친구들 때문)입니다.

[다]른 사람이 당신을 기다리는 것은 (자신의 또 다른 행운)입니다.

[라]라일락의 향기와 같은 향을 찾는 것은 (그리움)입니다.

[마]음속 깊이 그리는 것은 (간절함)입니다.

[바]라 볼수록 더 생각나는 것은 (설레임)입니다.

[사]랑한다는 말 한마디보다 더 빛나는 것이 (우정)입니다.

[아]무런 말 하지 않아도 함께 있고 싶은 것이 (편안함)입니다.

[자]신보다 더 이해하고 싶은 것은 (배려)입니다.

[차]가운 겨울이 춥지 않은 것은 당신의 (따뜻함 때문)입니다.

[카]나리아 같은 목소리로 당신 이름 부르고 싶은 것은 (설레임)입니다.

[타]인이 아닌 내가 당신 곁에 자리하고 싶은 것은 (나의 마음)입니다.

[파]아란 하늘과 구름처럼 당신과 하나가 되고 싶음은 (기다림)입니다.

[하]얀 종이 위에 쓰고 지금 쓰고 싶은 말은 (사랑)입니다.

-LEE.SH-

71세의 샤넬, 파리에서 개업하다

21세에 스티브 잡스는 애플 컴퓨터를 설립했고,
35세에 퀴리 부인은 남편과 함께 노벨상을 받았고,
36세에 스티븐 스필버그는 ET를 만들었고,

44세에 원효대사는 해골에 괸 물을 마시고 도를 깨달았다.
47세에 이순신 장군은 옥포에서 승리를 거두었고,
54세에 디즈니는 디즈니 왕국을 만들고,
59세에 왕건은 후삼국을 통일하고,

68세에 갈릴레이는 천동설을 뒤집어 지동설을 주장하고,
71세에 코코 샤넬은 파리에 가게를 다시 열고,
91세에 샤갈은 마지막 작품을 완성했다.
93세에 피터 드러커는 경영학의 기둥을 세웠다.
104세에 김형석 철학자는 강의를 하루에 두 차례나 하고 신문 잡지 등에 기고한다.

행복해지려면

심리학 교수에게
'행복해지려면
어떻게 하는 것이 좋은가?' 물었습니다.

"모든 걸 많이 사용하면 돼.
마음도 많이 사용하고,
그리움도 많이 사용하고,

물질적인 것도 자신의 능력이 허락하는
범위 안에서 다른 사람을 위해 많이 사용하고,

몸도 많이 움직이고,
근육을 많이 사용하고,
눈물도 많이 사용하고,
웃음도 많이 사용해.

내 경험으로는 그게 가장 좋은 답이야."

에디슨의 행복 감동

청각장애도 감사했던 에디슨, 에디슨이 소년 때 신문을 팔며 기차의 한구석에서 실험하곤 했답니다. 그런데 기차의 진동으로 인해 실험 약품이 떨어져 불이 나고 말았지요. 그러자 격분한 차장이 에디슨의 따귀를 때리고 세차게 떠밀어 쓰러뜨렸답니다. 그때부터 그에게 청각장애가 생겼습니다.

이렇게 청각장애를 앓고 있는 에디슨을 향해 나중에 누가 물었습니다.

"선생님! 청각장애로 연구가 힘들지 않았습니까?" 이 말에 에디슨이 대답했습니다.

"아닙니다. 그 청각장애로 딴소리에 신경 쓰지 않고 연구에만 몰두할 수 있어서 오히려 감사합니다." 에디슨의 행복 감동입니다.

부정적인 생각을 버려야 합니다. 긍정적인 생각을 통해서만 감사할 수 있고 매 순간 기뻐할 수 있는 것입니다.

한국사의 여명

우리나라의 시작

아득한 옛날
아직 역사가 시작되기 전
사람의 그림자조차 본 일이 없는
약속의 땅에
어김없이 봄은 왔다
파란 싹이 힘차게 대지를 뚫고
각종 나무에 물이 오르기 시작한다
따사한 봄, 햇빛.
가늘고 정다운 바람이 스친다

어느 날이다
장쾌 무비한 만주벌판에
먼동이 틀 무렵
한 떼의 사람들이 나타났다
손에는 활을 들고
허리에는 돌도끼를 차고

당당한 모습으로 나타났다
길다란 검은 머리
흐트러진 머릿결 사이에는
용사의 모습이 엿보인다

몸집이 크고 근육이 완강했다
보건대
어진 이의 기상이 서려 있고
용맹한 자의 담대함이 엿보인다
굳게 다문 두 입술
꽉 쥔 두 주먹
영락없는 용사들이다
문득 해가 솟는다

여인들도 있다
얼굴은 발그스레하고
가슴이 부풀어 있고 허리가 잘록한
아름답기 그지없는 고혹한 모습들이다
약간 큰 키에 건강미 넘치며
떠오르는 해를 바라보는 여인들의 눈에는
총명함과 온화함이 가득 차 있다
누구도 범할 수 없는 모습들이다
그들 남녀는 한참 동안 노래를 부르며
한마음이 되어 걷기 시작했다

이때다
하늘의 웅장한 소리가 들림과 동시에
그들 앞에 거룩한 땅, 기름진 땅이
그 눈부신 모습을 드러냈다
굳센 용사와 건강미 넘치는 여인들은
환호성을 울리고 춤을 추었다
그 우렁찬 환호성은 아침 햇살을 타고
우레 같이 울렸다
망망한 만주벌판으로
봄바람 부는 한반도로
너무나 당당한 시작이나
눈물이 나도록 감명 깊은 출발이다

아마도 한국사의 여명은 이러했으리라

-서근석 서사시-

모험과 변화를 즐긴 영웅

감동의 개척자 JY정주영

젊은 시절 정주영은 자동차 수리대금을 받기 위해 관청에 들렀다. 우연히 관청 한쪽에 사람들이 북적이는 것 보고 가보니 돈을 받으러 온 업자들이 복도에 장사진을 이루고 있었다. 알아보니 토목이나 건축을 하는 건설업자들이었다. 그들은 경리 창구에서 수천 원씩의 대금을 받아갔다. 관청에서 나오자마자 정주영은 동업자들에게 간판을 하나 더 달자고 제의했다. (정주영 경영 정신, 홍하상 지음)

현대건설은 자타가 공인하는 건설업계 선두주자이자 현대의 간판 기업이었다. 국내 최초로 해외공사를 수주했고, 중동 붐을 일으키기도 했다. 경부고속도로를 2년 5개월 만에 완공했고 총탄이 빗발치는 베트남에서도 공사를 멈추지 않았다.

그런데 그 신화적 기업의 출발은 너무나 간단했다. 하필이면 자동차 수리업체 사장 정주영이 그날 그 장소에서 건설업자들이 돈을 많이 받아가는 광경을 목격했고, 그래서 현대건설의 역사가 시작됐다. 그게 1948년이었다. 사업 시작 때 꼭 있어야 할 것 같은, 복잡한 계산은 없었다. 오직 모험정신만 있었다.

울산조선소를 구상하면서 그가 처음으로 기술자들에게 했던 말은 "쇠가 물에 뜨냐?"는 것이었다. 기술자들마저 어이없게 만들었던 이 말은 어쩌면 당시 우리나라 조선업의 현실을 바로 보여주는 것이기도 했다. 그러나 무슨 일이든 반드시 되게 하는 정주영에게 이것이 걸림돌이 될 수는 없었다. (결단은 칼처럼 행동은 화살처럼, 권영욱 지음)

정주영은 배를 무슨 재료로 만드는지도 모르면서도 국내 최대의 조선소를 구상하고 실행에 옮긴 사람이었다. 풀만 퍼렇던 허허벌판에 14만 평짜리 공장, 노동자 5천 명이 살 수 있는 기숙사를 포함해 60만 평 규모의 조선소를 짓겠다고 기획한 것 자체가 놀랍다. 그러나 지은이들의 뒤를 따라 그의 행적을 추적하면 놀라움은 더해가기만 한다. 막상 조선소 건설을 기획하기는 했지만, 현금이 없었다. 국내에는 그만큼 큰돈을 빌려줄 만한 은행조차 마땅치 않았다. 외국 자금을 빌려와야만 했다. 영국 바클레이 은행을 찾아간 정주영은 "배를 살 사람이 있다는 계약서를 가져오면 대출을 승인해 주겠다."라는 답을 들었다. 조선소도 없는데 배를 팔아야 하는 처지가 된 것이다.

그런데도 정주영은 포기하지 않았다. "배를 사주면 그 계약서로 돈을 빌려서 조선소를 지은 뒤 배를 만들겠다."라는 '사기를 치면서' 전 세계를 다녔다. 그런데 놀랍게도, 결국 계약 한 건을 성사시켰다. 그리스 선박왕 리바노스였다. '정주영의 인상을 보니 믿을 수 있을 것 같아서'라는 비합리적인 이유로, 그는 계약서에 서명했고, 울산에는 조선소가 들어섰고, 한국경제는 중화학 공업화의 길로 들어섰다. 1972년의 일이었다.

위험을 즐기는 기업가 정신만이 정주영의 경영 정신이었고 전략이었고 지혜였다.시장경제에서, 100% 안전한 수익은 없다. 위험 있는 곳에 수익 있다.

외환위기 이전과 이후의 한국 사회, 또는 좀 더 넓게 보아 민주화 이전과 이후의 한국 사회를 가르는 한 가지 중요한 지표는 경제의 위험관리 체계다.

과거 체제에서는 위험을 국가가 도맡았다. 권위주의 정부 아래서 기업은 보호와 관리의 대상이었다. 정부가 장악했던 은행들은, 대기업들이 실패해 생긴 부실을 기꺼이 떠안아줬다. 그 반대급부로 대기업들은 자기 회사 노동자들에게 평생 고용을 제공했다. 대신, 이 체제에 도전하는 목소리는 철저하게 통제됐고, 농민이든 노동자든 반기를 들면 시스템에서 영원히 배제됐다. 권위주의 국가는 모험적인 생산에 나선 소수의 위험을 떠안아, 배제된 다수 국민에게 강제로 떠안긴 셈이다. 이런 토양 아래서 한국경제는 수많은 정주영을 가질 수 있었다. 그들에게 성공확률 1%는 1%가 아니었다. 그것은 50%이기도 하고 때로 100%이기도 했다.

이 체제가 무너진 게 외환위기다. 기업의 규모가 커지면서 부실도 커졌다. 국가가 관리할 수 있는 수준 이상으로 위험이 커지자 국가 부도 사태가 일어난 것이다.

그 모든 고통의 목적지는 한 군데였다. 저 위험 국가였다. 그 결과, 이제 이 사회는 개인이든 기업이든 각자 스스로 위험을 짊

어져야 하는 체제가 됐다. 대신 국가의 짐은 상대적으로 가벼워졌다. 이게 외환위기 극복 과정이었다.

과거보다 더 큰 위험을 지게 된 개인들은, 자연히 위험을 회피하게 된다. 지금 우리가 정주영 같은 기업인을 보기 어려운 이유가 여기 있다. 기업가 정신이 사라진 것은 필연이다.

이 위험 기피증은, 위기가 극복되자마자 체감경기 침체의 근원이 됐다.

사실 다들 경제가 어렵다고 아우성치지만, 사실 한국경제 체력은 꽤 좋은 편이다. 우선 돈이 흘러넘친다. 시중 부동자금이 400조 원이 넘어섰다. 은행들은 돈을 꿔줄 기업을 못 찾아 걱정이다. 고급 노동력도 풍부하다. 한국의 대학 진학률은 82%로, 미국(63%)이나 일본(49%)보다도 높다. 경제의 젖줄인 돈과 사람을 충분히 갖추고 있는데도, 많은 이들이 여전히 가난하다고, 불행하다고 느낀다. 왜 그럴까?

문제는 기업들이 더 위험을 감수하지 않는 데 있었다. 2004년 한국 상장기업들이 보유한 현금은 모두 36조 원으로, 1997년의 두 배로 늘어났다. 벌어들인 돈을 재투자하지 않고 그대로 움켜쥐고 있었다. 투자하지 않으니, 아무리 좋은 인력이 있어도 채용할 필요가 없었다.

돈은 넘쳐났지만 돌지 않았고, 사람들은 일자리를 못 찾아 방황했다. 고용이 불안해지자 소비가 정체됐고 내수 성장세가 꺾였다. 성장률도 낮아졌지만, 동시에 소득 양극화 현상도 나타났다. 기업이 위험을 감수하지 않고 움츠러들면서 사회 전체 분배구조에 문제가 생긴 것이다.

그래서 우리 경제는, 다시 정주영을 그리워하고 있다.

1%의 가능성도 가능성이다. 그러나 한 명이 뛰어들어서는 그다지 승산이 없다. 100명이 뛰어들면 분명 1명은 성공할 것이다. 1명의 성공한 정주영이 나오면 99명의 실패한 정주영이 나오는 게 정상이다.

정주영은 돌아와야 한다. 그는 지금 우리에게 필요한, 모험가의 유전자를 지니고 있었다. 그런데 이제 기업의 위험을 통째로 떠안아 줄 권위주의적 국가는 없다. 이제 통계는 숫자인 것만은 아니다. 통계는 현실이다. 정주영은 필요하나 정주영이 딛고 서 있던 토양은 사라졌다. 우리의 딜레마다.

한국사회가 여전히 정주영의 기업가 정신을 원한다면, 아흔아홉 명의 실패한 정주영의 위험을 사회가 어떻게 나누어 안을 것인가에 대해, 연약한 개인들이 둘러앉아 합의를 이뤄내야 한다. 호주머니를 조금씩 털어 시장에서 실패한 사람들도 재기할 수 있는 안전판을 만들 수도 있겠다. 개인의 실패를 바라보는 사회의 시선을 좀 더 따뜻하게 만드는 문화 혁명을 가꿔볼 수도 있을 것이다. 위험이 클수록 위험의 대가는 더 많이 커지도록, 보상 시스템을 바꿔볼 수도 있으리라.

그 어느 쪽도 아니라면, 정주영, 또는 성장에 대한 미련을 깨끗이 버려야 한다.

'정주영과 함께 과거 권위주의 체제도 그리워하는 사람이 있다면, 그건 추모가 아니라 음모다. 정주영이 갖고 있던 모험가의 유전자는, 여전히 가장 새로운 그릇에 담길 자격이 있다.'고 삼성 경제연구소 연구원 이원재가 강조하였다.

'거목이 그립다.' JY를 그리워하는 것은 정주영 그 자체가 한 마디로 모험이자 감동이기 때문이다.

이건희의 경청(傾聽)과 목계(木鷄)

삼성은 기적이며 감동입니다

이건희 회장은 고 이병철 회장으로부터 삼성의 경영권을 1987년 넘겨받은 후 2002년까지 14년 동안 14배로 키웠으며, 세계 속의 삼성이라는 브랜드 이미지를 강력하게 심어 놓았습니다. 2005년도 삼성의 총 매출 규모는 140조 원에 달했습니다. 2022년에는 418조 원에 이르렀습니다. 이는 20년이란 세월 속에 스스로를 지키지 못하고 많은 회사가 파산되어 사라졌음에도 불구하고, 삼성이 이렇게 성장할 수 있었던 요인이 무엇일까?

요사이 서점에 나온 '이건희'라는 책을 통해 보면 고 이병철 회장으로부터 받았다는 2가지 물건을 주목해 볼 필요가 있습니다. 하나는 '경청'이라는 휘호와 다른 하나는 '목계'라는 것입니다.

이건희는 이를 바탕으로 1993년 "처자식 빼고 다 바꾸자"라는 화두로 이 시대의 정신인 변화를 시작하였습니다. 소위 '삼성 신경영'입니다. 이것이 초일류기업의 비결인 셈입니다. 삼성은 한마디로 기적이며 감동입니다.

"경청(傾聽)"

자신이 하고 싶은 말을 참고 상대방의 말을 잘 듣는다는 것은 상당한 훈련이 아니면 어려우므로, 상대방의 말을 잘 듣는 것이 인간관계에 있어 성공의 열쇠라고 되어있습니다. 그러나 많은 사람은 이것을 잘 실행하지 못하고 있습니다. 그런데 이건희 회장은 자신의 말을 아끼고, 상대방의 말을 잘 경청하는 성공의 자세가 되어있으며, 이런 이야기는 이미 소문으로 알려져 있습니다.

이것은 이건희가 삼성에 입사하여 근무하는 첫날 아버지인 고 이병철 회장이 마음의 지표로 삼으라고 경청이라는 휘호를 주었으며, 이 휘호를 머리에 깊이놓고 늘 보면서, 스스로에게 잘 듣고 있는가를 묻고, 더 잘 들으려고 노력한 결과라고 생각 됩니다. 이렇게 잘 듣고자 노력한 결과 각 방면으로부터 다양한 정보들을 얻을 수 있었을 것이며, 이러한 정보는 삼성을 성장시키는데 아주 중요 역할을 하였을 것입니다. 또한, 이러한 마인드는 삼성 그룹 전체에 영향을 끼쳐, 삼성의 정보력은 국가의 정보기관보다 정확하고 막강하다는 말이 나올 정도이며, 이러한 정보를 바탕으로 한 정보의 우위는 정보 전쟁이라고까지 하는 현대의 기업 경쟁 속에서 삼성이 기적의 성장을 할 수 있었던 것입니다.

"목계(木鷄)"

이 책에서 목계에 대하여 설명을 하였는데 이것은 장자의 달생편에 나오는 우화입니다. 옛날 중국의 주나라 선왕이 닭싸움을 좋아하여 닭을 잘 훈련하는 기성자라는 사람을 불러 싸움닭 한 마리를 주면서 싸움을 잘하는 닭으로 훈련하기를 명하였는데, 10일 지난 후에 왕이 기성자를 불러 '훈련 상황이 어떠한가?' 물으니, 답하기를 '아직은 멀었습니다. 닭이 허장성세가 심한 것이 싸움할 준비가 안 되었습니다.'라고 답하였습니다.

그래서 10일이 지난 후 다시 닭의 훈련 상태를 물으니, 답하기를 '상대 닭을 보기만 하면 싸우려 하는 것이 훈련이 덜 되었습니다.'고 하여 다시 10일이 지나 다시 물으니, 답하기를 '아직도 상대 닭을 보면 살기를 번득이는 것이 훈련이 덜 되었습니다.'고 하여 다시 10일 후 닭의 훈련 상태가 어떠한지 물으매, 답하기를 '이제는 훈련이 거의 다 되었습니다.'고 하며 말하기를 '닭이 목계와 같습니다. 그래서 상대 닭이 살기를 번득이며 싸움을 하려 달려들다가도 마치 목계와 같으므로, 덕이 충만하여 그 모습만 보아도 상대방은 등을 돌리고 도망을 칩니다.'라고 답하였다고 하는 고사입니다.

교통과 통신의 발달로 사회적 환경이 급변하는 요즈음 어떤 것을 지켜야 하고 어떤 것을 버려야 하며 어떤 것을 새로이 준비하여야 하는지 결정하는 것은 몹시 어려운 일이며, 더욱이 그런 변화의 중심에 서 있는 기업으로서는 잘못된 결정들에 따라 기업이 성장하기도 하고 도산하기도 하는 것입니다. 우리에게 마음의 지표로 삼을 상징물을 물려주실 고 이병철 회장과 같은 아버지를 두지 못하였다고 한탄할 필요는 없습니다. 이건희 회장이 가진 경청의 휘호나 목계는 그것에 의미를 부여하기 전에는 다만 종이 위에 써진 단순한 한문 단어일 뿐이었으며, 나무를 조각하여 만든 닭 모양의 나무 조각일 뿐이었습니다.

우리 스스로가 어떤 상징물을 정하여 여기에 의미를 부여하고 스스로의 마음을 단련한다면 이건희 같은 자신만의 경청의 휘호가 되고 목계가 될 것입니다

삼성은 우리나라의 신화이며 대한민국의 대표선수라 할 수 있다.

최초의 주식회사를 세운 백제인 유중광 감동

“중국 사람은 먹는 재미로 살아 망하고. 한국 사람은 남에게 보여주기 위해 체면 살리다 망하고 일본은 씀씀이가 너무 알뜰하여 돈이 안 돌아 망한다.”라고 하는 사람도 있지만 이렇게 지역적으로 국가적으로 사람들의 특성에 따라 먹고 사는 일도 다양하다.

세상 사람들이 살아가는 데는 많은 생활용품이 필요하게 되고 이렇게 필요한 물건을 만들어 스스로 자급자족한다는 것은 불가능한 일이기 때문에 각자 잘할 수 있는 것에 역점을 두고 생산하니 개인의 능력에 따라 또는 물건을 만드는 재료에 따라 국부적으로 특징을 가지며 발전하게 되었다. 이렇게 수공업으로 시작한 가내공업이 발전하여 조직으로 운영되는 기업으로 이어온 것이다.

그러나 우리나라에서는 조직을 갖춘 기업형 회사가 설립되어 운영해 온 경우는 기록에 없는 편이다. 항간에 전해오는 말 중에 경주최씨의 만석꾼 부자가 300년을 이어온 것이 가장 오랫동안 장수한 경우라고 생각된다.

동인당은 중국을 대표하는 한방 제약회사로 세계적 명성을 자랑하는 회사다. 침술과 우황청심환으로 우리에게도 익숙한 동인당은 약 350년 전인 1669년 저장성 닝보 출신 웨쭌위가 만든 것으로 과거를 매번 응시하여 낙방생이 된 그가 마흔이 훌쩍 넘은 나이에 가족과 친지들을 마주할 면목이 없어 호구지책으로 세웠으나 그저 명맥만 유지할 뿐 큰 한약방으로 키울 욕심이 없었다. 그 후 아들이 대물림하면서 중국에서 제일가는 한약방으로 키우고 싶은 생각에 공격적으로 운영을 하다 보니 그 정신이 지금까지 이어져 장수기업으로 운영되고 있다.

일본에서는 사회적으로 기술을 중시하고 신분상 천민이 아니었기 때문에 지금도 젊은이의 직업 선호도에서 집을 짓는 목수가 네 번째에 있다는 사실이 놀라지 않을 수가 없다. 사회적 관습이 선대의 기술을 후손들이 승계하는 전통이 있어서 창업 100년 이상의 업체는 1만5000개사에 이른다. 일본 통계에 따르면 200년 이상의 기업도 300개에 이른다고 한다. 나머지 아시아 국가에서는 중국 9개, 대만 7, 인도 3개사밖에 없고 자본주의 발상지인 유럽에서도 독일 800, 네덜란드 200여 개사 정도다. 한국은 지난해 창업 112년을 맞은 두산이 최장수 기업으로 꼽힐 정도다. 이렇게 기술을 중시하는 일본에서도 가장 오래된 기업으로 단연 곤고구미를 말할 수가 있다. 유럽에서 역사가 가장 오래된 프랑스 와인회사 샤토 드 굴랭보다 400년이나 앞서는 기록이다.

건설회사인 곤고구미는 쇼토쿠 태자가 백제에서 초빙한 장인 유중광 외 2인이 만든 시텐노지를 건설한 578년을 창업 연도로 잡고 있다. 이후 쇼토쿠 태자가 시텐노지의 유지보수와 관리권을 주면서 유중광의 자손들에게 금강이라는 성을 부여하고 일본에 상주할 것을 권하여 그곳에 눌러앉아 살면서 곤고구미의 '당주'자리를 지금까지 이어오게 된 것이다. 이런 사실에 영국의 이코노미스트지는 곤고구미를 '세계에서 가장 오래된 기업'으로 선정하게 되었다.

유감스럽게도 우리는 바다 건너 일본에 있는 건설회사로 생각했지만, 역사를 거슬러 올라가 보니 곤고구미는 우리나라 백제시대의 사람이었고 가업이 장자승계 전통을 고집하지 않는 일본에서 한국의 전통 방식대로 가계혈통을 이어 왔다는 사실에 놀라지 않을 수가 없다.

곤고구미을 상징하는 것으로 오사카의 상인 정신은 "하늘이 두 쪽 나도 노렌은 지킨다."라는 한마디로 요약할 수 있는데 노렌은 상호가 그려진 무명천으로 곧 신용을 뜻한다. 곤고구미는 일본 사회에서 신용의 상징으로 알려진 것이다.

1995년 고베 대지진 때 곤고구미가 지은 사찰 가이코인도 피해를 보았다. 담장이 30m 무너지고 절 뒤 묘지의 부도탑들이 모조리 쓰러졌는데도 대웅전만은 멀쩡했다. 서까래가 일부 뒤틀렸지만, 그것도 1년이 지나자 제 모습으로 돌아왔다고 한다. 곤고구미는 건축할 때 천장, 밑바닥같이 보이지 않는 곳에 돈을 더 쓴다. 그래서 일본에선 "곤고구미가 흔들리면 일본 열도가 흔들린다."라는 말이 전해질 정도였다.

그들의 생활 속에는 곤고의 신뢰는 절대적이다. 07, 12, 19

일 일본에서는 미사일 요격시험을 하였다. 미국 다음으로 처음 시도하는 실험인데 하와이에서 표적용 중거리 미사일을 발사하면 해상 자위대의 이지스함에서 발사한 요격 미사일이 고도 100km 이상 대기권 밖에서 격추하는 시험이다 이때 사용하는 이지스함의 이름이 "곤고"호이다.

곤고구미는 천 년 넘게 시텐노오지를 보수 관리해 왔다. 국가가 절을 지원하면 그 절은 그 돈으로 곤고구미를 통해 보수 관리를 해 왔기 때문에 곤고구미로선 회사를 경영하는데 걱정이 없었다.

하지만 태평양전쟁 직후부터 국가의 각종 지원금이 끊기면서 경영난을 겪기 시작했다. 그 뒤로 경영난을 극복하기 위해 곤고구미는 여러 가지 건설사업에 간여하기 시작했다. 하지만 이들 사업은 본업이 아니었다. 그 결과 경영난이 심화했고 이런 '국보급' 회사를 그냥 내버려 둘 수 없다며 동향의 건설업체인 마쓰시마 건설이 인수 합병한 것이다.

이것이 국보다라고 오사카 시민으로부터 인정받았던 곤고구미 집안은 일본의 국보이며 백제 장인정신의 상징이었다. 곤고구미는 1428년 이후 가업을 39대 동안 끊임없이 이어온 위대한 장인 집안이며 바로 백제의 혼이었다. 곤고구미 건설회사는 아쉽게도 2006년 1월에 파산하여 마쓰시마 건설에 흡수 합병되고 말았다. 금강가의 자손 곤고 마사카즈 사장(40대 당주)은 곤고구미 청산과 함께 퇴임한 것으로 알려져 곤고구미의 1400년 가업은 사실상 끝을 맺는다.

2년 만에 알게 된 이런 사실에 어떻게 생각해야 하는지 혼란스럽다. 곤고구미의 부도에 대하여 조선일보에서는 2005년 12월 16일 자에 사실 보도로 국민에게 알렸지만, 국익이 된다면 없는 것도 있는 것처럼 포장하고 아닌 것도 정상처럼 주장하는 현실에서 곤고구미의 파산은 많은 생각을 하게 한다.

학계에서는 곤고구미 뿌리의 역사를 정립하고 회사의 운영방식을 연구하여 그들이 오랫동안 이어온 장인정신을 후손들에게 알려 주어야 했다. 세계에서 가장 오래된 기업이고 그 꼭대기에 우리 조상이 있기 때문이다. 아쉽게도 일본의 기업에 흡수하여 곤고구미의 기업 정신은 소멸하여서 국보급 보물을 잃어버린 것 같아 아쉬움이 앞선다.

그래도 최초의 주식회사가 우리나라 백제인 유중광이 세우다니 감동적 아닌가!

5부 행복해지는 글

머슴 감동 실화 1

평안북도 정주에서 머슴살이하던 청년이 있었습니다.
눈에는 총기가 있고, 동작 빠르고 똑똑한 청년으로
아침이면 일찍 일어나 마당을 쓸고, 일을 스스로 찾아서 했습니다.
그 머슴은 아침이면 주인의 요강을 깨끗이 씻은 후
햇볕에 말려서 다시 안방에 들여놓았습니다.
주인은 집안이 가난했던 이 청년을 머슴으로 두기에는 너무 아깝다고 생각하고 평양 숭실학교를 거쳐 일본 메이지대학교 법학과에 입학시켜 주었습니다.
공부를 마친 청년은 고향으로 돌아와 오산학교 교사를 거쳐 그 학교의 교장 선생님이 되었습니다. 주인의 요강을 씻어 대학까지 졸업한 그가 바로 민족독립운동가 고당 조만식 선생이십니다.
훗날 사람들이 선생께 물었습니다.
"머슴이 어떻게 대학가고 선생이 되고
독립운동가가 되셨나요?"
그러자 조만식 선생은,
"주인의 요강을 정성 들여 씻는 성의를 보여라."라고 대답하셨습

니다. 남의 요강을 닦는 겸손, 자기를 낮출 줄 아는 아량,
그게 조만식 선생님을 낳게 했습니다.

머슴 감동 실화 2

미국의 남북전쟁이 터지기 몇 해 전 일입니다.
미국 동북부 오하이오(Ohio)주에 있는 대농장 부호인 테일러(Worthy Tailor) 농장에 한 거지 소년이 굴러들었습니다.
17살 소년 이름은 짐이었습니다.
일손이 많이 필요한 이 농장에서는 어린 그를 머슴으로 고용했습니다.
그러나 3년 뒤에 열심히 일하며 공부에 열중하던 머슴이었지만, 자기의 외동딸과 서로 사랑하고 있다는 것을 알게 된 테일러는 몹시 노하여 짐을 때려서 빈손으로 농장에서 내쫓았습니다.
그 후 35년이 지나 낡은 창고를 헐다가 짐이 두고 간 한 권의 책을 발견했는데, 책 속에서 그의 본명을 찾았습니다.
"James A. Garfield"

당시 미국 제20대 대통령 가필드이었습니다.
그동안 짐은 더욱 열심히 노력하여 오하이오의 히람대학(Hiram College)을 수석으로 졸업하고 육군 소장을 거쳐 하원

의원에 여덟 번이나 당선된 후 드디어 백악관 주인 자리를 차지했습니다.

일곱 가지 행복 Seven happy

※ Happy smile 부드러운 미소, 웃는 얼굴을 간직하십시오. 웃음이 행복입니다.

※ Happy talk 상대를 칭찬하면 사이가 좋아집니다.

※ Happy call 명랑한 말이 행복입니다.

※ Happy work 성실한 직무, 열심과 최선을 다하십시오.

※ Happy song 즐거운 마음으로 노래하십시오.

※ Happy note 메모를 생활화 하세요. 떠오르는 생각들을 기록하십시오.

※ Happy mind 긍정의 마음, 감사하는 마음, 상대를 편하게 하는 마음을 가지세요.

행복해지는 글 1

1. 가지고 있는 물건 수를 줄인다.
2. 운동을 한 가지씩 한다.
3. 친구가 많아야 한다.
4. 노욕(老慾) 노빈(老賓) 노추(老醜)를 경계한다.
5. 배우자와 제2의 사랑을 한다.
6. 손주에 너무 빠지지 않는다.
7. 이때쯤 종교를 생각해 본다.

-임어당-

행복해지는 방법

최근 미국을 중심으로 '행복해지는 방법'을 가르치는 긍정심리학(positive psychology)이 인기를 끌고 있다고 뉴욕타임스 매거진 최근호가 보도했다.

하버드대에서 지난해 최고 인기 강좌는 '긍정심리학 입문'이었다. 855명이 이 강의를 들었다. 강의 평가에서 수강생의 23%는 "강의를 통해 삶이 개선됐다"라고 답변했다.

현재 미국에서는 하버드대를 포함해 200개 이상의 대학에서 긍정심리학 강의가 이뤄지고 있다. 긍정심리학의 대가인 심리학자 마틴 셀리그먼 교수의 홈페이지에는 40만여 명의 이용자들이 등록해 행복해지는 방법을 배운다.

그렇다면 긍정심리학이 제시하는 행복에 이르는 길은 뭘까.

지난해 조지메이슨대에서 행복론 강좌를 진행했던 교수는 학생들에게 2가지 숙제를 제시했다. 첫 번째는 즐거움을 주는 경험을, 두 번째는 다른 사람을 위한 친절 베풀기를 경험해 보라는 것이었다.

첫 번째 숙제에 대해서는 '스쿠버다이빙을 하면서 바다 속에서 남자 친구와 섹스하기' '코가 비뚤어지도록 술 마시기' 등의 답변이 나왔다. 두 번째 숙제에서는 '생애 처음으로 헌혈하기' '식당에서 웨이터에게 50달러 팁 주기' 등이 나왔다.

그런데 학생 대부분은 "남을 위한 선행이 단순한 쾌락추구보다 훨씬 지속적인 행복을 안겨줬다"라고 답변했다.

이처럼 긍정심리학이 제시하는 행복의 열쇠는 친절, 낙관적인 태도, 자신이 좋아하는 일 하기 등이다. 대학 졸업앨범 사진 분석을 통해 활짝 웃는 사람일수록 행복한 결혼생활을 하고 있다는 조사결과도 있다.

또 수녀원에서 공동생활을 하는 수녀를 대상으로 한 연구에서는 이들이 매일 똑같은 음식을 먹고 똑같은 일정표에 따른 생활을 하고 있지만, 낙관적인 수녀가 훨씬 오래 살고 행복하다는 결과가 나오기도 했다.

요가와 명상도 긍정심리학의 행복론에서 자주 언급되는 내용, 가장 간단한 방법으로는 매일 잠자리에 들기 전에 그날 있었던 일 중 가장 좋았던 일 떠올리기, 한 번도 해보지 않은 일 해보기, 자신에게 도움을 줬던 사람에게 감사하기 등도 제시됐다.

사랑의 말 한마디

따뜻한 말 한마디가 하루를 빛나게 하고
진실한 말 한마디가 믿음을 갖게 하고
사랑의 말 한마디가 행복을 줍니다.

함부로 한 말 한마디가 다툼의 시작이 되고
모진 말 한마디가 증오의 씨를 뿌리며
무례한 말 한마디가 친구를 잃게 합니다.

-임마누엘 칸트-

부부 테크

일본에서 남편들의 모임인 일명 '나와 이혼하지 말아 주세요.' 클럽이 화제가 되고 있다.

CNN은 올해 일본에서 여성이 이혼 청구 시 남편 회사 연금의 절반을 요구할 수 있는 법률이 통과됨에 따라 가부장적 성향이 강한 일본 남성들이 이혼 후 외로운 생활을 두려워해 변화를 시도하고 있다며, 도움이 필요한 남편들로 구성된 이 클럽의 활동을 25일 소개했다.

이 클럽은 2가지 부분에서 황금률 고수를 철칙으로 하고 있다. 첫째는 가정의 새로운 분위기 조성을 위해 '듣기, 쓰기, 말하기'의 3대 원칙을 지킨다는 것. 두 번째 혼외 관계에 대해서는 '나는 부인 외에 애인이 없으며, 불륜을 저지르고 있지도 않고, 그것에 대해서는 생각조차 해본 적도 없다' 등의 3가지 원칙을 강조한다.

얼마나 가정적인 남편인가를 판단하는 10가지 기준도 마련돼 있으며, 회원들은 등급 상승을 위해 노력한다. 최고 1등급은 결혼 후 3년이 지난 뒤에도 부인을 사랑하는 남편. 2등급은 가정일을 돕는 남편이다. 3등급은 혼외 관계가 없고, 적어도 부인에게 들키지 않는 남편. 4등급은 '여성 먼저(레이디퍼스트)'가 습관화돼 있고, 5등급은 공공장소에서 부인과 손을 잡으며 6등급은 아내의 말을 주의 깊게 듣는 남편이다.

7등급은 고부간의 갈등을 해결하며, 8등급은 주저 없이 고맙다고 말하고, 9등급은 두려움 없이 미안하다고 말하며, 10등급은 수줍어하지 않고 '사랑한다.'라고 말하는 남편이다. 5등급을 넘어 4등급으로 갓 진입한 요헤이 다카야마의 부인은 "남편이 1년 반 동안 이 클럽에 가입한 이후 관계가 급격하게 좋아졌다"라며 변화를 환영했다.

기녀들의 아름다운 명시

배꽃 비가 휘날릴 때…계랑

배꽃 비가 휘날릴 때 울며 잡고 이별한 님
가을 낙엽에 님도 날 생각할까
천 리에 외로운 꿈만 오락가락하노라

꿈에 뵈는 님이…명옥

꿈에 뵈는 님이 신의 없다 하건마는
탐탐이 그리울 제 제 꿈 아니면 어이하리
저 님아 꿈이라 말고 자주자주 보소서

묏 버들 꺽어…홍랑

묏버들 꺽어 님의 손에 보내노라
자시는 창밖에 심어두고 보소서
밤비에 새잎이 나거든 나인가 여기소서

동짓달 기나긴 밤…황진이

동짓달 기나긴 밤 한 허리 베어내어
춘풍 이불 아래 서리서리 넣었다가
그리운 님 오시는 날 굽이굽이 펴리라

사랑이 거짓말이…무명기생

사랑이 거짓말이 님 날 사랑 거짓말이
꿈에 와 뵌단 말이 그 더욱 거짓말이
날 같이 잠 아니 오면 어느 꿈에 뵈리오

님 그린 상사몽이…무명기생

님 그린 상사몽이 귀뚜라미 넋이 되어
추야장 깊은 밤에 님의 방에 들었다가
날 잊고 깊이 든 잠을 깨워볼까 하노라

바람둥이 모든 것

바람둥이 가장 많이 하는 말

※ 너뿐이야

※ 아름다우네요

※ 나 믿지?

※ 만난 건 운명이야

※ 처음이야

※ 처음 본 순간 인상적

※ 편해

바람둥이 구분법

※ 유창한 말솜씨

※ 전화가 오면 나가서 받는다

※ 모든 사람에게 잘해준다

※ 세련된 매너

※ 돈을 많이 쓴다

바람둥이 유혹방법

※ 과잉친절

※ 그윽한 눈빛

※ 선물 공세

※ 보호 본능 자극

※ 순진한 척

※ 공통주제

바람둥이 이별법

※ 인연이 아닌가 봐

※ 다시는 사랑을 못 할 것 같아

※ 사랑해서 보내주는 거야

※ 미안해

※ 내가 부족해

※ 나 이민 가

마포 종점 노래에 얽힌 사연

어느 가난한 젊은 부부의 슬픈 사랑 이야기

1960년대 마포는 강가에 갈대숲이 우거지고 비행장이 있는 여의도로 나룻배가 건너다니며, 새우젓을 파는 등 시골 냄새가 물씬 풍기는 곳이었다. 가난한 서민들이 많이 살았던 이곳은 청량리를 오고 가는 전차의 종점이 있었으나, 1968년 없어졌다. 겨울밤이나 비가 내리는 저녁이면 늦게 전차를 타고 오는 남편과 자식 등 가족들을 마중 나온 여인들이 종점 근처에서 기다리고 있는 모습들을 흔히 볼 수 있었다.

마포 종점을 작사할 당시 작사가 정두수 시인은 연속으로 히트곡을 발표하며 왕성한 활동을 하고 있던 박춘석 작곡가와 밤을 새워가며 작품을 쓰고 있었다. 그들은 밤샘 작업 후 마포 종점 인근에 있는 영화 녹음실의 성우, 배우, 스텝 등이 새벽마다 모여드는 유명한 설렁탕집에서 식사를 하곤 했다. 어느 날 그 집에서 식사를 하는데 설렁탕집 주인으로부터 어느 가난한 젊은 연인의 비극적 얘기를 들었다. 어떤 젊은 부부가 방세가 싼 마포 종점 부근의 허름한 집에 사글세로 살고 있었다.

대학 강사로 재직하고 있는 남편과 살고 있는 여인은 가난한 살림에도 악착같이 남편을 뒷바라지하였다. 겨울이면 따뜻한 아랫목 이불에 밥을 묻어두고 남편을 기다리던 그녀였다. 남편이 일찍 귀가하면 마포 종점에서 손을 잡고 인근 당인리로 이어지는 긴 둑길을 걸으며 얘기를 나누면서 사랑을 키워갔다.

그러다가 더 큰 발전을 위해 남편은 미국 유학을 갔는데 너무 과로하여 뇌졸중으로 쓰러져 졸지에 사망하였다고 한다. 그런 비극적 소식을 접한 여인은 밀려오는 충격을 견딜 수 없어 마침내 실성을 하게 되었다. 정신착란 상태인 그녀는 이미 돌아간 남편을 하염없이 기다리며 궂은비 내리는 마포종점 강변을 배회하였다. 결국 그녀는 종적을 감추어서 이제 어디로 갔는지 알 수 없다고 한다.

1966년 여름에 이런 비극적 사랑 얘기를 설렁탕집 주인으로부터 듣고 시인 정두수는 밤잠을 설쳤다. 가난 속에서도 서로 사랑하며 성실하게 살았으나 불행한 결말에 이른 젊은 부부의 서러운 삶을 그리는 작사를 하였다. 박춘석 작곡가는 이런 비극적 요소가 담긴 가요시의 뜻을 살린 애절한 곡을 만들었다. 깨끗하고 독특한 화음을 구사하는 은방울 자매의 입사 기념으로 1968년 지구레코드사에서 발표하였는데 크게 히트하였다.

현재 마포 공원에는 이 노래를 기념하여 노래비가 서 있다.

마포 종점 노랫말

밤 깊은 마포 종점 갈 곳 없는 밤 전차
비에 젖어 너도 섰고 갈 곳 없는 나도 섰다
강 건너 영등포에 불빛만 아련한데
돌아오지 않은 사람 기다린들 무엇하나
첫사랑 떠나간 종점 마포는 서글퍼라

저 멀리 당인리에 발전소도 잠든 밤
하나둘씩 불을 끄고 깊어가는 마포 종점
여의도 비행장엔 불빛만 쓸쓸한데
돌아오지 않은 사람 생각한들 무엇하나
궂은비 내리는 종점 마포는 서글퍼라

6부 한국인 전체는 노벨상을 받을 자격이 있다

한국인 전체는 노벨상을 받을 자격이 있다 / 보람 있게 살다간 참 학자 김준만 / 설날에 떡국을 먹는 풍습 / 프랑스의 얼굴 / 샌프란시스코에 가면 머리에 꽃을 꽂으세요

한국인 전체는 노벨상을 받을 자격이 있다

2009년 2월 이후 한반도 정세는 줄곧 긴장 상태다. 4월 27일 북한이 1953년의 정전협정 무효를 선언한 이래 남북한은 이론상 다시 전쟁 상태로 들어갔다. 그러나 한국 사회의 질서와 경제 상황을 볼 때 전쟁 상태라고, 혹은 보복하겠다고 목이 쉬도록 외치는 북한의 영향은 거의 받지 않는 듯하다. 마음속 깊이 탄복하는 부분이 바로 이 점이다.

필자는 6월 말 이후 줄곧 한국에 머물면서 경희대 여름방학 프로그램에서 한국 학생들을 가르치고 있다. 한국에서 한 달간 지낼 예정이라고 하니 베이징의 친구들이 깜짝 놀랐다. 그들은 걱정하면서 남북한 사이에 전쟁이 일어나면 어떻게 할 것이냐고 물었다.

나는 서해에 뛰어들어 헤엄쳐 돌아오겠다거나, 도망치다가 굶어 죽을까 염려돼 절대 북쪽으로 도망가지는 않을 것이라고 농담을 했다. 그러자 친구들은 웃으면서 전쟁이 일어나면 1950년 때처럼 중국이 북한 측에 서서 지원군을 파견할 것 같지 않으니 한국어를 빨리 배워 살길을 스스로 찾으라고 말했다. 농담이었지만 중국인들은 한반도 정세를 이처럼 매우 긴박하고 불안정한 것으로 느끼고 있다.

경희대에서 강의하면서 한국 제자들과 친구들에게 물어봤다. 중국인은 이처럼 긴장하고 걱정하는데 한국인은 어째서 그렇지 않느냐고. 대답은 대략 세 가지였다.

※ 첫째 1953년부터 현재까지 북한은 항상 저렇게 한국을 위협했고 한국인은 이런 위협 속에 익숙해졌다는 대답이다.

※ 두 번째는 북한 김정일 정권은 국제사회에서 완전히 고립돼 있으므로 북한이 한국을 향해 군대를 진격하지 않으리라는 것이다. 스스로의 안전을 확신하지 않은 상태에서 북한이 먼저 전쟁을 일으키면 그 결과로 북한은 완전히 괴멸될 뿐이라는 대답이다.

※ 세 번째 대답은 북한 같은 이웃 국가를 둔 것을 그냥 재수없다고 여기는 것이다. 오랜 동안 햇볕정책을 썼는데도 북한은 조금도 유연해지지 않았다. 결국, 한국은 이런 상황을 숙명으로 받아들일 수밖에 없다는 것이다. 충돌을 바라지는 않지만, 충돌이 발생해도 두렵지 않다는 얘기다. 군사적 충돌이 없을 때 열심히 생활하고, 군사 충돌이 정말로 발생하면 그때 생활방식을 바꿔도 늦지 않다는 얘기다. 이 세 가지 답변을 들으면서 한국과 한국인의 심리상태를 어느 정도 이해하고 존중하게 됐다.

불안정한 북한을 상대하면서도 한국인은 수십 년 동안 스스로의 생활방식을 굳건히 지켜 왔다. 전쟁과 핵무기의 위험이 가득한 하늘 아래에서 스스로의 삶을 추구해왔다. 정말로 사람을 탄복하게 만드는 생활과 생명의 힘이다. 위협을 직시하고 의연하게 대처할 때만 얻을 수 있는 평온함이나 태연자약함과 별반 차이가 없다. 오늘날 남북한의 가장 큰 차이는 바로 남한 국민은 스스로 원하는 방식대로 생활하고 북한 사람들은 이러한 권리를 박탈당한 데 있다. 오늘날 북한의 곤경은 북한 지도자들이 단지 극소수의 사람이 이해하는 국가발전 방식만 고집할 뿐, 인민의 생각을 듣지 않는 데서 나왔다.

만일 어느 날 노벨 평화상을 추천할 수 있다면, 나는 한국인 전체를 추천할 것이다. 한국인은 1953년부터 지금까지 저렇게 시비 걸기를 좋아하는 이웃을 옆에 두고 '한강의 기적'을 창조해냈고 선진국이 되었다. 또 핵무기의 그늘에서도 이토록 분주하면서도 여유 있게 일하면서 즐기고 있다. 한국인들은 자신들만의 독특한 방식으로 평화의 귀중함을 보여주고 있다. 한국인들은 노벨 평화상을 받을 만한 자격이 있다.

-2009. 중국 북경대학교 교수 주펑-

보람 있게 살다간 참 학자 김준만

김준민 교수를 알게 된 건 2006년 11월이었다. '들풀에서 줍는 과학'이라는 책을 읽게 됐다. 식물생태를 다룬 책인데 평이하게 썼으면서 내용이 좋았다. 산성비는 과장됐고, 온난화는 너무 두렵게 생각할 것 없다는 독특한 주장도 있었다.

무엇보다 1914년생이라는 저자 약력에 놀랐다. 만 92세 노학자가 쓴 책인데도 최신 이론까지 소화하고 있었다. 이 책은 2007년 대한민국 과학도서상을 탔다.

김 교수에게 "글을 하나 받고 싶다"라고 전화했다. 김 교수는 승낙하면서 집에 와 원고를 받아가라고 했다. 팩스도 없고 이메일도 모른다는 것이다. 며칠 뒤 가서 원고를 받아왔다. 갱지 비슷한 종이에 만년필로 쓴 글이었다. 그렇게 인연을 맺은 후 두어 번 더 찾아갔다. 교수 부부는 한적한 동네 3층 연립의 2층에 살았다. 잠깐 들러 새해 달력이나 과일 몇 개를 놓고 나오는 정도였는데, 책 쓰는 노(老)학자에 대해 애틋함이 있었던 것 같다.

이달 초 김 교수의 부음을 접했다. 96세면 천수를 누리셨다고 할 법하다. 현역 시절 테니스로 단련한 건강이 큰 몫을 했다. 김 교수는 돌아가시기 1주일 전부터 곡기를 끊었다. 생전에 부인에게 "사흘만 앓다 갈 거야"라고 했다고 한다.

김 교수는 수유리 4·19 묘역에 모셔졌다. 올 4월 보훈처가 1960년 4·19 직후 교수 시국선언 명단의 일부를 추가 발굴했는데 그 속에 김 교수 이름이 있었다.

김 교수는 식물생태 분야 1세대 학자다. 1946년부터 33년간 서울대 생물교육학과 교수를 했고, 그에게 박사학위를 받은 제자가 254명이다. 김 교수는 외국의 제자들에게 전문서적을 보내달라곤 해서 읽곤 했다. 원로 교육학자 정범모 한림대 석좌교수(85)는 '정년 없는 인생'을 산다는 말을 듣는다. 2000년대 들어서만 7권의 책을 썼다. 그 정 교수가 어느 강연에서 "김준민 교수는 훨씬 내 앞에 있는 분"이라는 취지의 말을 했다.

김 교수는 퇴직 후 삶을 우리에게 선사하고 갔다.

이런 얘기가 있다. 95세 생일을 맞은 어느 노인이 가족들에게 얘기했다. "은퇴한 지 30년 넘었다. 그땐 이렇게 오래 살 거라고 생각 못 했다. 몸에 별 탈 없이 이 나이까지 살 줄 알았더라면 뭐라도 계획을 세워 내 일을 했었을 것이다. 정말 후회된다."

김준민 교수만큼 마지막까지 꽉 채운 인생을 산 이도 드물 것이다.

교훈과 감동을 선사하고 떠난 참 학자였다.

한삼희, 요약정리

설날에 떡국을 먹는 풍습

흰색의 음식으로 새해를 시작함으로써 천지 만물의 새로운 탄생을 의미하는 뜻이 담겨 있다.

떡국의 떡이 둥근 이유는 밝은 태양을 상징하고 하얀색은 환한 빛을 의미한다. 새해에는 밝은 빛으로 희망차게 살라는 의미로 떡국을 먹는다.

떡가래의 모양에도 각별한 의미가 있다. 시루에 찐 떡을 길게 늘여 뽑는 이유는 '장수하고 재산이 쭉쭉 늘어나라'라는 축복의 의미를 담고 있고, 가래떡을 둥글게 써는 이유는 둥근 모양이 마치 옛날 화폐인 엽전의 모양과 같아서 새해에 재화가 풍족하기를 바라는 소망이 담겨 있다.

본래 '떡'은 아무나 아무 때나 먹을 수 있는 음식이 아니었다. 쌀이 귀하던 시절에는 쌀로 떡을 만들어 먹는 것은 환갑잔치나 명절과 같은 큰 의미가 있는 날뿐이었다.

한편, '꿩 대신 닭'이라는 속담은 떡국에 넣어야 제 맛이 나는 꿩고기를 구하지 못한 사람들이 그 대신 닭고기를 넣어 떡국을 끓인 데서 비롯된 말이다.

프랑스의 얼굴

NYT 지국장 5년 체험담 '안내 기사'

"누구에게나 두 개의 나라가 있다. 자신의 조국과 프랑스." 19세기 프랑스 희곡에 나오는 대사다. 그만큼 프랑스가 유별난 나라란 뜻이다. 뉴욕타임스(NYT)의 파리 지국장으로 5년 반 근무한 일렌 사이얼리노(Sciolino) 기자도 비슷한 소감을 나타냈다. 다음은 그가 NYT 실은 '프랑스인에 대한 안내'를 요약해본다.

과거에 집착, 프랑스인의 역사 사랑은 '강박'에 가깝다. 나폴레옹이나 마리 앙투아네트(프랑스혁명 때 처형된 왕비)가 지금도 종종 잡지 표지를 장식하고 온갖 기념일이 난무한다. 비키니 탄생 60주년, 브래지어 탄생 100주년 행사도 있었다. 잃어버린 영광에 대한 집착, 미지근한 경제에 따른 불안, 외국 이민자에 대한 통합 노력의 반영이다.

'섹시함'에 대한 끝없는 열정, 은퇴한 80대 여류 작가도 딱 붙는 스웨터와 바지, 가죽 재킷 차림으로 매혹을 발산한다. 여배우

아리엘 돔바슬(Dombasle)은 50대 나이에 주간지 '파리 마치'에 가슴을 드러낸 표지 모델로 나섰다. 이곳 여성에게 '섹시함'은 나이와 무관한 '태도'의 문제이다. 50세 이상 여성 10명 중 9명이 '성적(性的)으로 활동적'이라는 연구도 있다.

키스 공세, 이유는 없다. 이방인들은 프랑스식 '양볼 키스'에 적응하려면 시간이 필요하다. 자크 시라크(Chirac) 전 대통령은 소리만 큰 볼 키스보다, 여성의 향을 느낄 수 있는 손등 키스를 선호했다. 니콜라 사르코지(Sarkozy) 대통령은 예측불허. 안 내키면 악수만 하고 맘에 들면 밀착 포옹까지 한다. 앙겔라 메르켈(Merkel) 독일 총리는 그와 만나기 전 자신은 포옹을 안 즐긴다는 것을 사르코지의 보좌관에게 분명히 알려야 했다.

인터뷰 내용도 얼마든지 고친다. 프랑스 언론은 인터뷰 기사를 인터뷰 상대가 '읽어보고 고치는' 시스템을 따른다. 인터뷰 때 발언은 번복되기 일쑤다. 시라크 대통령은 인터뷰 때 "이란이 핵무기를 한두 개 가져도 그리 위험하지 않을 것"이라고 해 놀라게 했지만, 나중에 엘리제궁이 보낸 원고에는 "이란 핵폭탄은 어떤 시나리오로도 정당화될 수 없다"로 바뀌었다. 인터뷰 원고를 손보는 것은 사르코지 대통령에 와서도 마찬가지다.

주인이 왕. 콧대 높은 상점 주인들은 실수를 자인하기보다 어떻게든 손님 책임으로 내몬다. 양복점 주인은 불량 코트의 반품을 요구하는 고객에게 수선집의 주소를 알려 준다. 한 친구가 그런 주인에게 '고객은 왕'이란 프랑스 속담을 들어 따지자, 이런

답이 돌아왔다.

"손님, 프랑스에 혁명 이후 왕은 없는데요."

프랑스는 한 마디로 자존심의 대표적 나라다.

샌프란시스코에 가면 머리에 꽃을 꽂으세요

"샌프란시스코에 가면, 잊지 말고 머리에 꽃을 꽂으세요.
샌프란시스코에 가면 상냥한 사람들을 만나게 될 거예요.
샌프란시스코에 오는 사람들을 위해
여름엔 사랑의 모임이 열릴 거예요.
샌프란시스코 거리에는 상냥한 사람들이 머리에 꽃을 꽂고 있지요.
온 나라로 그런 낯선 떨림이 퍼져나가면
사람들은 움직이게 되지요.
이곳엔 새로운 생각을 지닌 세대가 모여 살고 있어요.
움직이는 사람들이 샌프란시스코에 오는 사람들을 위해
잊지 말고 머리에 꽃을 꽂으세요.
샌프란시스코에 오면 여름은 온통 사랑의 모임일 거예요."

에필로그

소년 가장

한 소년 가장이 있었습니다. 너무 가난합니다.

할머니 환갑이 되었는데 아무것도 드릴 게 없었습니다. 교회에 갔습니다. 수녀님이 성모상 앞에 아주 예쁜 꽃바구니를 가져다 놓는 것이었습니다. 물끄러미 바라보던 소년 가장이 묻습니다.

"수녀님, 이거 제가 가져가면 안 될까요?"

"뭐에 쓰려고?"

"할머니 환갑 선물이 필요해서요." 한참 후 수녀님은

"그래 그것은 네 것이다. 가져가거라." 흔쾌히 주었습니다. 소년 가장은 기뻤어요. 선물이 생겼습니다. 그 꽃바구니를 들고 다람쥐처럼 사라졌습니다. 그 모습을 바라보던 수녀님이 이렇게 중얼거렸습니다.

"그래 이 세상에서 가장 유익하게 쓰이는 꽃바구니구나."

제 이야기는 나를 비롯한 모든 사람이 가정에서 사회에서 그 꽃바구니처럼 아주 유익하게 쓰이기를 진심으로 빌겠습니다. 감사합니다.

김대중대통령
영부인 이희호여사

김대통령 영부인과 함께

저자 성경순은

서울 흑석동에서 나서 충북 음성에서 유년시절을 보내고 서울 방배동 여의도동 봉천동에서 3개의 슈퍼마켓 주식회사를 경영한 여성 기업인. 정서적으로 꽃꽂이, 여성운동으로 여성의 전화, 한국여성단체연합회 이사, 서울대 총동창회 이사 등으로 활동.

사단법인 여성의 전화 상담원
사단법인 한국꽃꽂이협회 이사장
서울대학교 행정대학원 29기 회장

수상 : 고려대학교 총장상(1990년),
서울시장상(2001년)
미8군 사령관 감사장 2회(강의, 꽃꽂이로 봉사)
저서 : 꽃(1994년 풀잎출판사)
기타 잡지'베틀'창간